अपने पहले कविता संग्रह *माँ का जवान चेहरा* से ख्याति प्राप्त कर चुकीं चर्चित लेखिका ज्योति चावला का यह दूसरा कविता संग्रह है। ज्योति चावला की कविताओं में स्त्रियों की चिन्ता एक नये रूप में है। यहाँ स्त्रियों की अलग-अलग छवियाँ हैं। यहाँ स्त्री माँ है, बेटी है, जवान लड़की है, अधेड़ है। परन्तु कुल मिलाकर यहाँ हर रूप में स्त्रियाँ अपने पूरे वजूद में हैं जो अपने अन्दाज़ में स्त्री विमर्श का एक नया पाठ है। इन कविताओं की सबसे बड़ी खासियत है कि यहाँ स्त्रियाँ जिन कारणों से इतिहास में हाशिये में रहती आयी हैं उन्हीं कारणों से वे यहाँ मज़बूत चरित्र के रूप में हैं। यहाँ बारिश में भीगती उन्मुक्त लड़कियाँ हैं तो कथक सीखती बेटी भी है। 'तुम्हारा होना' गर्भावस्था के आनन्द की कविता है। इन कविताओं में स्त्री, स्त्री होने की दयनीयता से निकलकर स्त्री होने के गर्व से भर जाती है। ये स्त्रियों की अस्मिता के गर्व की कविताएँ हैं। यहाँ स्त्रियों का दुख है, सुख है, संघर्ष है। उसे लेकर चिन्ता है, बेचैनी भी है लेकिन इस समय को देखने का एक नज़रिया भी है। और जब इसी समाज के नंगे सच को इन कविताओं में एक स्त्री के द्वारा देखा जाता है तब वह एक नया आयाम निर्मित करता है। 'उदासी' कविता इसका एक सशक्त उदाहरण है।

ज्योति की कविताओं को समझने के लिए उनके दोनों संग्रहों को एक अन्विति में रखकर देखना होगा क्योंकि ये कविताएँ एक प्रक्रिया की कविताएँ हैं। एक स्त्री की प्रक्रिया की कविताएँ कि कैसे उसके जीवन में बदलाव होता है और कैसे वह बदलाव उसकी चिन्तन प्रक्रिया में दिखायी देता है। इस प्रक्रिया को देखना-समझना अवान्तर से अपने समय और समाज को समझना है। चूँकि ये कविताएँ एक स्त्री की निगाह से देखी गयीं और बुनी गयीं हैं इसलिए ये ज़्यादा विश्वसनीय भी हैं और एक समानान्तर इतिहास को मुकम्मल भी करती प्रतीत होती हैं। इस संग्रह में शामिल 'बहरूपिया' और 'अँधेरे में और उसके बाद' कविताएँ समाज के ऐसे यथार्थ को हमारे सामने रखती हैं जो मुक्तिबोध और नागार्जुन की परम्परा की याद दिलाती हैं। इन कविताओं में जहाँ हमारा समाज है वहीं देखने के अलग दृष्टिकोण के कारण अर्थ का एक नया वितान भी हमारे सामने खुलता है। हर अच्छा/अच्छी कवि अपने साथ नया विषय और नयी भाषा लेकर आता/आती है। इन कविताओं में नये विषय भी हैं और भाषा और रूप का नयापन

ज्योति चावला का यह संग्रह संग्रथित स्त्रीवाद के तीसरे चरण की दो विशिष्ट प्रपत्तियाँ उजागर करता है। यहाँ स्त्री-देह और स्त्री-अनुभूति से जुड़े नितान्त नये आख्यान हैं और स्त्री-लेंस से जीवन-जगत की बृहत्तर विडम्बनाएँ भी यहाँ उत्कट अग्निधर्मिता के साथ परखी गयी हैं। स्त्री-देह तमाम तरह के शोषणों की आधारभूमि है—यह सत्य का एक प्रबल पक्ष तो है ही, दूसरा पक्ष स्त्री-देह का यह भी है कि वह एक ख़ास तरह के आनन्द-निर्झर का उत्स भी है। गर्भधारण, प्रसूति, आदि की विशिष्ट अनुभूति के अलावा बच्चों को बड़े करते हुए जिन ख़ास तरह के आवेगों, दुश्चिन्ताओं, मान-मनुहार आदि का रसास्वादन हर माँ करती है, ज्योति ने उसके सुभग और सान्द्र चित्र खींचे हैं। स्त्री विमर्श को एक अलग आयाम पर ले जाती ज्योति स्त्री में अन्तर्निहित उन शक्तियों की ओर संकेत करती है जिन्हें इस पुरुषवादी समाज के ढाँचे में रखकर उसकी सीमाएँ साबित किया जाता रहा है। स्त्री-लेंस से जीवन-जगत की बृहत्तर विडम्बनाओं से मेरा अभिप्राय स्त्री-नागरिकता के प्रश्न से है। एक सजग विश्व-नागरिक के रूप में युद्ध, धार्मिक कट्टरता, वर्ग, वर्ण-भेद आदि बड़े प्रश्न भी स्त्री-कवियों को उसी तरह मथते हैं जैसे औरों को, पर उनकी न्याय दृष्टि, करुणा और ममता के आख्यान उन्हें और प्रासंगिक बना देते हैं।

—अनामिका

जैसे कोई उदास
लौट जाए
दरवाज़े से

ज्योति चावला

वाणी प्रकाशन
प्रकाशन के उत्कृष्टतम 63 वर्ष

पेपरबैक पहला संस्करण : 2018
पेपरबैक दूसरा संस्करण : 2026

vaniprakashan.com

वाणी प्रकाशन

4695, 21-ए, दरियागंज, नयी दिल्ली-110 002

फ़ोन : + 91 11 23273167, 23275710

शाखाएँ

अशोक राजपथ, पटना-800 004, बिहार

कॉफ़ी हाउस कैम्पस, महात्मा गांधी मार्ग, प्रयागराज-211 001, उत्तर प्रदेश

महात्मा गांधी अन्तरराष्ट्रीय हिन्दी विश्वविद्यालय, वर्धा-442 001, महाराष्ट्र

sales@vaniprakashan.in
vaniprakashan@gmail.com

Jaise Koi Udaas Lout Jaye Darwaze Se
by Jyoti Chawla

ISBN : 978-93-87648-49-4
Poetry Collection

मूल्य : ₹ 225

आर. टेक ऑफ़सेट प्रिंटर्स, दिल्ली-110 032 में मुद्रित

वाणी प्रकाशन का लोगो मक़बूल फ़िदा हुसेन की कूची से

उन सभी को
जो किसी न किसी रूप में
मेरी कविता की
प्रेरणा बनते रहे हैं।

अपने पहले कविता संग्रह 'माँ का जवान चेहरा' से ख्याति प्राप्त कर चुकी चर्चित रचनाकारा ज्योति चावला का यह दूसरा कविता संग्रह है। ज्योति चावला की कविताओं में स्त्रियों की चिन्ता एक नये रूप में है। यहाँ स्त्रियों की अलग-अलग छवियाँ हैं। यहाँ स्त्री माँ है, बेटी है, जवान लड़की है, अधेड़ है। परन्तु कुल मिलाकर यहाँ हर रूप में स्त्रियाँ अपने पूरे वजूद में हैं जो अपने अन्दाज़ में स्त्री विमर्श का एक नया पाठ है। इन कविताओं की सबसे बड़ी खासियत है कि यहाँ स्त्रियाँ जिन कारणों से इतिहास में हाशिये में रहती आयी हैं उन्ही कारणों से वे यहाँ मजबूत चरित्र के रूप में हैं। यहाँ बारिश में भीगती उन्मुक्त लड़कियाँ हैं तो कथक सीखती बेटी भी है। 'तुम्हारा होना' गर्भावस्था के आनन्द की कविता है। इन कविताओं में स्त्री, स्त्री होने की दयनीयता से निकलकर स्त्री होने के गर्व से भर जाती है। ये स्त्रियों की अस्मिता के गर्व की कविताएँ हैं। यहाँ स्त्रियों का दुख है, सुख है, संघर्ष है। उसे लेकर चिन्ता है, बेचैनी भी है लेकिन इस समय को देखने का एक नज़रिया भी है। और जब इसी समाज के नंगे सच को इन कविताओं में एक स्त्री के द्वारा देखा जाता है तब वह एक नया आयाम निर्मित करता है। 'उदासी' कविता इसका एक सशक्त उदाहरण है।

ज्योति की कविताओं को समझने के लिए कविताओं को एक अन्विति में रखकर देखना होगा क्योंकि ये कविताएँ एक प्रक्रिया की कविताएँ हैं। एक स्त्री की प्रक्रिया की कविताएँ कि कैसे उसके जीवन में बदलाव होता है और कैसे वह बदलाव उसकी चिन्तन प्रक्रिया में दिखायी देता है। इस प्रक्रिया को देखना-समझना अवान्तर से अपने समय और समाज को समझना है। चूँकि ये कविताएँ एक स्त्री की निगाह से देखी गयीं और बुनी गयी हैं इसलिए ये ज्यादा विश्वसनीय भी हैं और एक समानान्तर इतिहास को मुकम्मल भी करती प्रतीत होती हैं। इस

संग्रह में शामिल 'बहरूपिया' और 'अँधेरे में और उसके बाद' कविताएँ समाज के ऐसे यथार्थ को हमारे सामने रखती हैं जो मुक्तिबोध और नागार्जुन की परम्परा की याद दिलाती हैं। इन कविताओं में जहाँ हमारा समाज है वहीं देखने के अलग दृष्टिकोण के कारण अर्थ का एक नया वितान भी हमारे सामने खुलता है। हर अच्छी/अच्छा कवि अपने साथ नया विषय और नयी भाषा लेकर आती/आता है। इन कविताओं में नये विषय भी हैं और भाषा और रूप का नयापन भी है।

अनुक्रम

झूठ बोलती लड़कियाँ

न जाने क्यों झूठ बोलती लड़कियाँ
मुझे अच्छी लगती हैं
झूठ बोलती लड़कियों का झूठ बोलना
न जाने क्यों मुझे अच्छा लगता है

अच्छा लगता है उनका झूठ बोलकर
कुछ पल चुरा लेना सारे दायरों से
इन चुने हुए कुछ पलों में वे
फड़फड़ा आती हैं अपने पंखों को
कुछ देर के लिए खुली हवा में और
सुते हुए नथुनों में भर कर हवा के ताज़े झोंके
वे फिर लौट आती हैं अपने पहले से तय दायरों में

झूठ बोलती लड़कियाँ बोलती हैं छोटे-छोटे झूठ
और अपने जीवन के चुभते-नुकीले सचों को
ताक पर रख देती हैं कुछ देर के लिए
वे छूती हैं झूठ से बनी इस छोटी-सी दुनिया को
अपनी कोमल उँगलियों के कोमल पोरों से और
उसकी सिहरन से भीतर तक झूम जाती हैं

झूठ बोलती लड़कियाँ बोलती हैं झूठ और
उन पलों में अक्सर कहती हैं
दुनिया खूबसूरत है, इसे ऐसा ही होना चाहिए।

नकारने की भाषा

उसने धीरे-से मेरे कान में कहा
चलो मेरे संग
तुम्हें चाँद की सैर करवाता हूँ
मैं बिना कुछ सोचे उछल कर उसकी
साइकिल के डंडे पर चढ़ बैठी

उसने कहा मुझसे दर्द है मुझे
तुम इसे महसूस करो और
मैंने दर्द की पराकाष्ठा में आँखें मूँद लीं

उसने कहा यह भी कि मैं प्यार करता हूँ तुमसे
मेरे प्यार की गहराई को समझो और
मेरे होंठों पर रख दिए अपने गर्म दहकते होंठ
मैं शिद्दत से उसके प्यार को महसूसने लगी

कहा उसने हम दो नहीं एक जान हैं
सब कुछ भुला कर मुझमें समा जाओ और
मेरी पहचान के सारे निशान धुँधले पड़ने लगे

वह कहता रहा और मैं सुनती रही
वह कहता रहा और मैं करती रही
इस तरह एक दिन मैं बेगानी हो गयी अपनी ज़बान से
मैं नकारने की भाषा भूल गयी।

दिल्ली मेट्रो का लेडीज़ कूपा

(1)

दिल्ली मेट्रो के लेडीज़ कूपे ने दी हैं कुछ खुली साँसें
इस बेदम शहर की लड़कियों को
वह लड़की जो कल तक डरती थी घर से निकलने से
आज बेफिक्र नापती है शहर को इस छोर से उस छोर तक
घुसते ही लेडीज़ कूपे में वह लेती है खुली साँस
और महसूसती है कि उसकी भी एक जगह है इस शहर में।

(2)

दिल्ली मेट्रो के लेडीज़ कूपे की एक सीट पर
बैठी हैं कई औरतें
सात की जगह पर आठ बैठी ये औरतें
अनजान हैं एक-दूसरे से लेकिन
पहचान का कोई सिरा बाँधता है उन्हें आपस में
इन सबकी देह से फूटती है गन्ध गृहस्थी की
गन्ध पसीने की और
इनकी देह से उठती है एक और गन्ध
अपनी दुनिया को सँवार ले जाने की
ये औरतें जो अभी-अभी निकली हैं घर से
घर और बाहर के बीच की दूरी पाटने के लिए
दिल्ली मेट्रो के लेडीज़ कूपे में सुस्ता रही हैं पल भर।

(3)

यह दिल्ली मेट्रो के लेडीज़ कूपे का एक दृश्य है
जहाँ अभी-अभी जवान होती लड़की
सँवार रही है अपने बाल
वह शीशे में देखती है अपना अक्स
और शीशे के पार खड़ी पूरी भीड़ को

वह भीतर से उन्मुक्त अभी-अभी जवान होती लड़की
सचमुच महसूस करती है अपनी आज़ादी को
वह ज़ोर से झटकती है अपने उलझे-सुलझे बाल
वह निहारती है ख़ुद को
मुग्ध होती है ख़ुद पर
और शीशे के पार खड़ी भीड़ बस देखती रह जाती है।

(4)

यह दिल्ली मेट्रो के लेडीज़ कूपे का एक दृश्य है
जहाँ आज़ाद हैं स्त्रियाँ अपने दायरों में
जहाँ आज़ादी के भ्रम में खींच दी गयी हैं
बाड़ें उनके चारों ओर
और वे अनजान हैं।

मैंने नानी को अक्सर बुदबुदाते देखा है

मैंने अपनी नानी को अक्सर बुदबुदाते देखा है
बचपन से लेकर आज तक मैंने
देखे हैं उनकी बुदबुदाहटों के कई तेवर
कभी-कभी तो उनकी बुदबुदाहट
रह जाती है केवल एक फुसफुसाहट भर
और कभी-कभी पूरा एक विरोध किसी ताकतवर के खिलाफ़

हम बच्चे दबे पाँव अक्सर उनके पास जा खड़े हो जाते थे और
उन ऊबड़-खाबड़ शब्दों को सुनने की करते थे कोशिश
बचपन में तो हम अक्सर
उनके बुदबुदाने पर हँस भी दिया करते थे
हमारी हँसी से भी नहीं चौंकती थी नानी और
उनका वह एकतरफा संवाद चलता रहता था निरन्तर
फिर धीरे-धीरे मैंने जाना
नानी की यह बुदबुदाहट केवल बुदबुदाहट भर नहीं है
बल्कि वे इच्छाएँ हैं जो दबी रही उनके भीतर

मैंने कोशिश की कई बार ध्यान से सुनने की
नानी मुझे किसी नाटक के मंच की एक ऐसी सफल अभिनेत्री लगीं
जो केवल अपने दम पर पूरे दृश्य को
बना देती हैं सजीव
नानी की उस बुदबुदाहट से उनका अन्तस
खुल कर सामने आ जाता था
किसी खुली किताब की तरह

अपनी इन बुदबुदाहटों में कोसती थीं वे कभी मेरे नाना को
कि जिन्होंने क़द्र ही न जानी कभी उनकी
कि उनकी गृहस्थी को सींचने में ही बीत गयी उनकी उम्र
और नाना की उम्र सिर्फ़ शिकायतों में

इन बुदबुदाहटों में लड़ती थीं वे अपने पिता से भी
जिन्होंने कभी सुध ही न ली उनकी उन्हें ब्याहने के बाद
उन्हें याद आते हैं आज भी वे दिन
जब वे अमराई में झूलती थीं अपने सहेलियों के साथ
कि कैसे उनके पिता ने पीटा था उन्हें एक बार
जब एक मनचला चला आया था उनके पीछे घर तक

नानी की उन बुदबुदाहटों में समय कहीं आड़े नहीं आता था
उन्होंने कठघरे में खड़ा किया था कई बार
अपनी माँ को भी कि
आखिर क्यों मार ही नहीं दिया उन्हें पैदा होते ही
या जब गयी ख़ुद तो साथ क्यों न ले गयी उन्हें भी
उनकी लड़ाई थी अपने ईश्वर से भी कि
क्यों लिख दिए सारे कष्ट, सारे दुख उनके ही खाते में
कि कैसे वे सदियों से निभाती आ रही हैं अपनी ज़िम्मेदारियाँ
और सदियों से ताक पर ही रखे हैं उनके सपने और उनकी इच्छाएँ
और किसी ने टोह तक न ली उनकी गठरी की

मेरी नानी की इन बुदबुदाहटों में है
सारा शोर एक स्त्री के भीतर का
जिसे वह दबाये चली आ रही हैं युगों से
वह शोर जो फूटता ही नहीं कभी और
फूटता भी है तो इन्हीं बुदबुदाहटों में।

मैं उसके लिए उसकी पहचान चाहती हूँ

सुनो, आज मैं तुमसे एक वायदा चाहती हूँ
मेरे गर्भ में पल रही सन्तान यदि बेटी हो
तो तुम उसे बेटी ही कहकर पुकारोगे उम्रभर
जब ममता और स्नेह से छलछला आ रहा हो
तुम्हारा हृदय तब
स्नेह के उन स्वर्णिम क्षणों में भी
तुम्हारे मुँह से उस नन्ही बिटिया के लिए
बेटी ही निकलेगा

ऐसा नहीं है कि इतिहास के कोनों-अंतरों में
नहीं हैं उदाहरण बेटी को लाड़-प्यार के
ऐसा भी नहीं है कि हम और तुम इस धरती के
पहले माँ-पिता होंगे जो बेटी को देंगे मन भर स्नेह
लेकिन बेटियों पर स्नेह लुटाते हुए भी
सिर उठाती रही है पितृसत्तात्मक भाषा
जब हृदय लुटाते हुए अपनी बेटी पर
कहते आये हैं पिता और माँ भी कि
'यह हमारी बेटी नहीं, बेटा है।'

सुनो, अब वह समय आ गया है कि
हम प्रेम के प्रतिमान बदल दें
उपमाओं के साथ-साथ चलो
अब सारे उपमान बदल दें

मुझे यह वायदा चाहिए तुमसे आज
कि जब-जब छलकेगा तुम्हारे हृदय से प्रेम
गर्भ में पलती हमारी बेटी के लिए
वह पूर्णतः हमारी बेटी के लिए ही होगा
कि तुम दिल के किसी अँधेरे कोने में भी
नहीं अपेक्षा करोगे उससे बेटा बन जाने की
चलो हम शुरुआत करें अपनी बेटी से ही, और
ढूँढ़ें उसमें सब उसके ही गुण
चलो हम 'पुरुष' शब्द में छिपे सारे निहितार्थों को
एकबारगी खँगाल डालें और
हर पुरुष को छोड़ दें स्वयं अपने गुण अर्जित करने के लिए

चलो हम स्त्री शब्द के सारे मैले-कुचैले अर्थों को
धो-पोंछ डालें अपने हाथों से और
गढ़ने दें उन्हें ख़ुद अपने नये अर्थ
चलो हम अपनी बेटी को पुकारें बेटी ही
और उसे आज़ादी दें कि
खिले वह जंगली फूल-सी ही और
फेंक दें उन सारे औज़ारों को जिनसे
कतर कर गमलों में खिलाया जाता है फूलों को

मैं अपनी बेटी को बेटी ही कहना चाहती हूँ और
उस पर उसके हिस्से के सारे रंग और
खुशबू उँड़ेल देना चाहती हूँ।

दुविधा

सुनो, मैं एक दुविधा में हूँ
तुम ही बताओ कि जब मेरे हृदय में
उमड़ रहा हो प्रेम मेरी बेटी के लिए, तब
मैं उसके लिए कौन-सी उपमाएँ दूँ

जब मैं उसे पुकारना चाहती हूँ रानी बिटिया
तो मुझे रानी के सारे सुख और ऐश्वर्य के साथ
अँधेरे कोनों में उसकी आँखों से टपकते
आँसू दिखाई देने लगते हैं
जब पुकारती हूँ उसे कहकर फूल तो
एक शिकारी के हाथ उस फूल की टोह लेने को
बढ़ते नज़र आते हैं

पुकारती हूँ जब उसे गुड़िया तो लगता है
जैसे सारे अधिकार छीन लिए हों मैंने ही उससे
बोलने, तौलने और परखने के

उसके लिए तय किये गये सारे उपमानों में
मुझे वह अकेली और कमज़ोर ही नज़र आती है
मैं चाहती हूँ तुमसे ही कि
तुम ही गढ़ो कुछ नये उपमान जिनमें
बेचारी न दिखती हों बेटियाँ
कि फाड़ दो इतिहास के पन्नों को और

बदल दो शक्ल मिथकों की कि
जिनमें कमज़ोर ही दिखती रही हैं स्त्रियाँ सदियों से
फिर सोचती हूँ कि तुम्हारे हाथों में थमाना
इतिहास और मिथकों को फिर से एक बार
कहीं कोई ऐतिहासिक गलती तो नहीं मेरी

मैं ही गढ़ूँगी अब नये नाम
नयी पहचान, नये इतिहास और नये मिथक
अपनी बेटी के लिए, जहाँ
फूल हो वह तो नोच न सके कोई शिकारी उसे
कि होने पर उसके रानी भी
सत्ता का इतिहास जुड़ा हो उसके साथ
और गुड़िया तो वह कभी न हो
क्योंकि जानते हो तुम भी कि
उनके मुँह में नहीं रहती आयी है ज़बान

इन नये उपमानों में नहीं होगी वह
कोई अबला, कमज़ोर या त्यागमयी
बल्कि इतिहास दर्ज़ करेगा उसके गुणों को
गुणों ही की तरह और
वे होंगी सृष्टि के निर्माण में अपनी भूमिका तय करतीं।

मेरा शहर आज उदास है

आज फिर मेरा मन उदास है
आज फिर नहीं जलेगा चूल्हा किसी घर में
आज फिर नोच कर फेंका गया है एक चिड़िया को
सड़क पर सरपट दौड़ती गाड़ी से
उस चिड़िया की देह पर थे कई निशान
नोच और खरोंचों के
उसके घावों से ख़ून नहीं नाउम्मीदी बह रही थी

वह जो चली गयी चुपचाप गुमनामी का अँधेरा लपेटे
किसी दूसरी दुनिया में
वह बनाएगी एक सुरक्षित दुनिया अपने चारों ओर
कि जहाँ भूल से भी क़दम न रख सके कोई शिकारी

वह इतिहास का कौन-सा क्षण था
कौन-सी तारीख़ थी जब मेरे शहर की लड़कियों ने
रिश्ता जोड़ लिया था ख़ुद का इन चिड़ियों और गौरैयों से
वे लगने लगी थीं उन्हें अपनी सी ही न जाने कब से

उसके साथ न जाने कितनी लड़कियों का
विश्वास उठ गया उस आधी आबादी से,
जो बाकी की आधी आबादी पर हावी रहती आयी हैं सदियों से
वे नहीं करेंगी विश्वास अपने भाई और पिता पर भी
कि जिनके कन्धों पर झूलते हुए उन्होंने

दहलीज़ चूमी थी अपनी जवानी की
वे जो फुदकती रहीं आँगन में गौरैया की तरह कल तक
आज सहमी हुई सी दुबकी हैं किसी कोने में
कि जैसे शिकारियों ने उन्हें ही घेर लिया है चारों ओर से

शिकारी कब चाहते थे देखना उनका
फुदकना या फड़फड़ाना अपने पंखों को

आज मेरे शहर की हर चिड़िया उदास है
शहर में नहीं सुनाई दे रही कहीं से चहचहाहट
वे आपस में तय कर रही हैं नयी योजनाएँ
शायद शहर से एक साथ उड़ जाने की

मैं उदास हूँ कि कहीं मेरे शहर से
एक साथ ही उड़ गयीं ये चिड़ियाँ और गौरैया
अपनी फुदकन, अपने रंग और
अपने रंगीले, सपनीले पंख लेकर तो
मेरा शहर सन्नाटे की तह में डूब जाएगा।

प्रमाण-पत्र

मैं एक ऐसे देश में रहती हूँ जहाँ
मुझसे कहा गया है कि तुम इस देश की नागरिक हो
और मेरी सारी पहचानों को मिटा दिया गया एकबारगी
मेरे हाथ में थमा दिया गया प्रमाण-पत्र
इतने बड़े देश के नागरिक होने का सबूत
लेकिन मेरे चैन की नींद सोते ही नींद में ही
मेरी पहचान फिर से बदल दी गयी

मैंने कहा भूख और
मेरे सामने मैकडॉनल्ड्स के बर्गर से लेकर
डोमिनोज़ के पिज़्ज़ा तक एक लम्बी मेज़ लगा दी गयी
फिर मेरी जेब में डालकर हाथ
रुपये टटोलने लगे वे
मैं झुकी ज्यों ही नल पर पानी पीने के लिए
मेरे कान में कहा उन्होंने
पानी का रंग होता है कुछ और ही
और मेरे हाथ में थमा दी गयी सील बन्द बोतल

मैंने देखा हत्या और चुप्पी
विरोध में उठानी चाही आवाज़
उन्होंने थमा दिया मेरे हाथ में रंगीन टी.वी. का रिमोट
और रंगीन फूहड़ता से मुझे गुदगुदाने लगे

अब जब मैं बोलती हूँ कि सीमा पर खड़े सिपाही
झेलते हैं सीने पर गोलियाँ
और टूअर हो जाते हैं उनके परिवार पलक झपकते ही
तो वे मुझ पर मुँह बिदकाने लगते हैं
जब खींचना चाहती हूँ उनका ध्यान
खुले मैदानों में सड़ रहे अनाज पर
वे उस पर महँगी बोतल से रस टपकाने लगते हैं

मेरे हाथ में है इस समय
मेरे नागरिक होने का प्रमाण-पत्र
मेरे नागरिक होने का सबूत
मैं झुकती हूँ और देखती हूँ
मेरे नाम के आगे जहाँ लिखा था नागरिक
उस प्रमाण-पत्र पर वह शब्द अब
धुँधला-सा पड़ गया है
सूख गयी है उसकी आत्मा।

गुमशुदा लोगों की तस्वीरें-1

अख़बार के पन्नों पर अक्सर दिख जाती हैं
गुमशुदा लोगों की तस्वीरें

अख़बार की मोटी-मोटी राजनीतिक-गैरराजनीतिक ख़बरों से सहमी
ये तस्वीरें पड़ी रहती हैं एक कोने में और
अपने होने पर भी न होने का ही एहसास कराती हैं
चाय के कप के साथ जल्दबाज़ी में पलटते पन्ने
नज़र ठहरती ही नहीं इस उपेक्षित कोने पर और
कभी ठहर भी जाए तो थमती नहीं पल भर के लिए
ऐसे जैसे इन पर नज़र ठहरना
कोई बेहद गैर-ज़रूरी काम हो हमारे समय का

वे जो उपस्थित रहते हैं इन तस्वीरों में किसी कोने पर
अनुपस्थित हैं अपने घरों से
उनकी घर से अनुपस्थिति ने बनाया है उन्हें
उपस्थित यहाँ अख़बार के किसी उपेक्षित कोने में
वे जो दिख रहे है यहाँ अख़बार में
आख़िर क्यों ग़ायब हो गये अपने घरों से
सोचने को सोची जा सकती हैं बहुत सारी वजहें
उनके अपने-अपने घर से ग़ायब होने की

सम्भव है कि इनमें से किसी के चूल्हे में न बच पाई हो आग
और वे अपने बच्चों से मुँह छिपा ग़ायब हो गये हों घर से

सम्भव है कि किसी की मौत की तय कर दी गयी हो तारीख़
और वह भाग गया हो घर से या कि मौत से

सम्भव यह भी है कि कर दी गयी हो उसकी हत्या और
अख़बारों में छपी हो ख़बर उसकी गुमशुदगी की
ताकि छिपाया जा सके सच को अख़बार के पन्नों के पीछे
सम्भव कुछ भी हो सकता है
किसी की गुमशुदगी के पीछे के कारणों की
हो सकती है एक लम्बी सूची
ठीक घर की ज़रूरतों की लम्बी सूची की तरह

लेकिन पल भर भी नहीं टिकती है हमारी नज़र उन तस्वीरों पर
कि हम हर रोज़ फ़ोन पर, इण्टरनेट पर जान लेते हैं
अपनों की खैरियत और ख़ुश रहते हैं अपनी छोटी-सी दुनिया में
पर जिनके यहाँ से गुम हैं कुछ चेहरे, कुछ नाम, कोई पहचान
उनकी नज़रें हर पल अख़बार के इन्हीं पन्नों पर टिकी रहती हैं।

गुमशुदा लोगों की तस्वीरें-2

सोचती हूँ अक्सर कि
अख़बार के पन्नों पर छपी गुमशुदा लोगों की तस्वीरें
हमेशा धुँधली ही क्यों दिखाई देती हैं
क्यों नहीं होती उन तस्वीरों में वैसी ही चमक
जैसी है मेरी शादी की एलबम में लगी
एकल, युगल और पारिवारिक तस्वीरों में
या फिर जैसी चमक दिखती है उस तस्वीर में
जिसमें मेरी तीन साल की बेटी चूम रही है मेरे गाल पर
और ख़ुशी में खिली मेरी मुस्कान में गिने जा सकते हैं मेरे दाँत भी
सम्भव हैं कि जिन कैमरों से खींची गयी हैं इन
गुमशुदा लोगों की तस्वीरें
वे मेरे कैमरे की तुलना में नीचे हों कई गुना
या यह भी कि प्रिण्ट न लिया गया हो इनका
ख़ूबसूरत और चिकने काग़ज़ों पर

ये जो धुँधली तस्वीरों में दिख रहे हैं
उनकी तस्वीरें ही धुँधली नहीं हैं बल्कि
धुँधले पड़ गये हैं उनके चेहरे भी
न जाने कितने अभावों से
इन धुँधलाते चेहरों की तस्वीरें ली जाती हैं अक्सर
मेरे और आपके कैमरों से कई गुना महँगे कैमरों से
और बेचा जाता है उन्हें
अन्तरराष्ट्रीय बाज़ारों में उपजाने को दया और

उसी क्रम में विदेशी मुद्रा भी
इन महँगी तस्वीरों में भी धुँधलाये रहते हैं उनके चेहरे यूँ ही

वे जो भाग गये या भगा लिए गये अपने घरों से
उन्होंने जाने से पहले देखा था पलट कर उसे और
भीगी आँखों से ले ली थी विदाई घर से
आज अख़बार में छपी है उनकी पासपोर्ट साइज़ तस्वीर और
नीचे दिया गया है संक्षिप्त ब्योरा उनकी गुमशुदगी का
कि फलाँ तारीख़ को इतने बजे के बाद नहीं देखा गया उन्हें
कि जिन्होंने पहने थे कपड़े इस रंग के और
जिनकी चमक अब धुँधली पड़ गयी थी

मैं सोचने लगती हूँ कि क्या यही ठीक समय है उनकी गुमशुदगी का
जो दिखाया है यहाँ अख़बार के एक कोने में
या फिर वे गुमशुदा हैं पहले से ही
अपने सपनों में, अपनी कल्पनाओं में और
दर्ज़ हुई है उनकी गुमशुदगी किसी ख़ास तारीख़ पर

इन धुँधली तस्वीरों में दिख रहे लोग
एक साथ कई सवाल करते हैं और मैं घबराकर
अख़बार का पन्ना पलट देती हूँ।

तुम्हारा होना

एक बेहद सुगठित और सुचिन्तित
किसी गोष्ठी में बैठी हूँ और
सुन रही हूँ इस दुनिया को बदल देने के गम्भीर विचार
और उमड़ घुमड़ रहा है दिमाग़ में बहुत कुछ
तुम करवट लेते हो ठीक मेरे पेट के भीतर
यह तुम्हारे आने के क्रम में मेरी गर्भावस्था का आठवाँ महीना है
कि तुम मचलते हो भीतर से और अनुभव करती हूँ
तुम्हारी हर हलचल अपनी त्वचा पर
मेरी नज़रें दौड़ने लगती हैं अपने चारों ओर
कि कहीं किसी ने देख तो नहीं लीं तुम्हारी ये हरकतें
तुम्हारी बेचैनी, तुम्हारी शैतानी
मैं और ध्यान से देखती हूँ अपनी त्वचा को हिलते हुए और
धीरे-से अपनी साड़ी के पल्लू को खींच कर
ढँक लेती हूँ अपने पेट को कि
तुम्हारा मेरे भीतर होना महसूस सकूँ मैं ख़ुद ही
और नज़र न लगे किसी की तुम्हारी चंचलता पर
तुम्हारी बेचैनी मुझे मुग्ध करती है तुम्हारे अनदेखे रूप पर
मैं रीझती हूँ तुम्हारी मासूम सुन्दरता पर और फिर डर कर
चुपके से अपनी आँखों से काजल ले एक टीका लगा देती हूँ
तुम्हारे लाल कोमल अनछुए माथे पर।

हमारी गृहस्थी

तुम जानते हो कि पिछले न जाने कितने दिनों से
मैं तुमसे पल भर बात करने के लिए वक़्त खोज रही हूँ
कई बरस पहले अपनी गृहस्थी की नींव का पत्थर
रखने का वह लम्हा आज भी याद है मुझे
जब तुमने मेरे चेहरे को हाथ में ले मेरा माथा चूमा था
और वायदा लिया था कि हम मिलकर
इस नींव के पत्थर को कभी हिलने नहीं देंगे
आज जब हम दोनों व्यस्त हैं उस पत्थर को
हिलने से बचाने के लिए, तब
हालत यह कि हमें
एक-दूसरे के माथे से बहता पसीना दिख तक नहीं रहा

जब तुम होते हो मेरे सामने
तो तुम्हारे साथ ही होती है गृहस्थी के कामों की एक लम्बी फेहरिस्त
और तुमसे मिलने के लम्बे इन्तज़ार में निपटाती इन कामों को
एक बार फिर निपट जाती है दिन भर की सारी मेहनत
तुमसे पल भर बतिया लेने की

जब तुम नहीं होते मेरे सामने तो
मेरे सामने होती है गृहस्थी के कामों की
तुम्हारे हिस्से की लम्बी फेहरिस्त और उसे थामे
दौड़ते तुम एक छोर से दूसरे छोर तक

मुझे इन्तज़ार है उस दिन का जब
पहले की तरह मेरी गोद में रख कर तुम अपना सिर
आँखें मूँदे लेटे रहोगे सुकून से और
मेरी उँगलियाँ सुलझा रही होंगी तुम्हारे उलझे-सुलझे बाल

गृहस्थी को बचाने की इस ज़द्दोजहद में
ख़र्च होते जा रहे हैं हम और इस ख़र्च होने में
ख़र्च हो रहा है समय
समय जिसके हर पल में इच्छाएँ हैं मासूम
तुम्हारे साथ फुर्सत के कुछ पल बिताने की।

बेटी की गुल्लक

मेरी बेटी रोज़ सुबह उठती है
और नियम से अपनी गुल्लक में डालती है सिक्के
इन सिक्कों की खनक से खिल जाती है उसके चेहरे पर
एक बेहद मासूम सी मुस्कान
वह नियम से डालती है अपनी गुल्लक में सिक्के
ठीक ऐसे ही जैसे
नियम से निकलते हैं आसमान में
चाँद, सूरज और तारे

वह सोचती है कि एक दिन लेकर अपनी गुल्लक
निकलेगी वह बाज़ार
और ख़रीद लाएगी अपनी पसन्द के मुट्ठी भर तारे
ढेर सारी खुशियाँ और न जाने क्या कुछ
मैं उसके चेहरे पर खिली इस मुस्कान को देखती हूँ हर सुबह
और उसकी मासूमियत पर मुस्कुरा देती हूँ

मेरी चार साल की मासूम बेटी नहीं जानती
मुद्रा, मुद्रास्फीति और विश्व बाज़ार के बारे में कुछ भी
वह नहीं जानती कि क्यों दुनिया के तराजू पर
गिर गया है रुपये का वज़न
वह इन्तज़ार कर रही है उस दिन का
जिस दिन भर जाएगी उसकी गुल्लक इन सिक्कों से और
वह निकलेगी घर से इन चमकते सिक्कों को लिए

ख़रीदने चमकीले सपने
जानती हूँ मैं कि जिस दिन इन सिक्कों को लिए
खड़ी होगी वह बाज़ार में
उसकी आँखों के कोरों में आँसुओं के सिवाय कुछ नहीं होगा

मैं उसकी पलकों पर आँसू की बूँदों की कल्पना करती हूँ और
बेहद उदास हो जाती हूँ।

पचास पार की औरतें

ये जो सुबह सुबह यहाँ बैठी हैं एक घेरा बनाकर
ये सब पचास पार की औरतें हैं
इन पचास पार की औरतों ने निभा ली हैं अपनी सारी ज़िम्मेदारियाँ
और अब उम्र के इस पड़ाव पर बैठी हैं सँवारने
अपनी देह और अपने मन को भी

पचास पार की ये औरतें कभी थीं पचास से कम की भी
जब ये दौड़ रही थीं पृथ्वी को गोद में लिए
क्षितिज के एक छोर से दूसरे छोर तक और
इस दौड़ में निपटती जा रही थी इनकी उम्र भी

अपनी ज़िन्दगी को और बेहतर बना ले जाने की दौड़ में
दौड़तीं ये औरतें हर रोज़
चाँद, सूरज और तारों को अपने अनुसार
ठीक करती थीं हर सुबह
कि किस दिशा में रहने से बरसेगी शीतल छाँव इनकी
इनके बेहद अपनों पर
हर रात इन्हें देखकर अपने अनुकूल ही
आती थी नींद इनकी आँखों में
अपनी बाँह को तकिया बना सोती ये औरतें
अपने सिरहाने ही रख लेती थीं सारी चाबियाँ कि
सुबह उठकर फिर खोलेंगी इन चाबियों से
एक नये दिन के दरवाज़े और झरोखे

पचास पार की ये औरतें जब नहीं थीं पचास की
तब हर सुबह फिर जुट जाती थीं
रखने इन चाँद-तारों को अपनी-अपनी जगह

बरसों समेट अपने घरौंदों को तिनका-तिनका
अब उतार आयी हैं अपनी गठरियाँ
नयी पीढ़ियों के कन्धों पर और
बैठी हैं यहाँ सुस्तातीं पार्क में
अब गूँजते हैं इनके ठहाके इस हरियाली में
हरी घास की चादर पर जब पसारती हैं पाँव
तो लगता है ज्यों धकेलकर सारी दिशाओं को एक ओर
वे बना रही हैं जगह अब अपने लिए
जब उठाती हैं हाथ हवा में लेकर लम्बी साँस
तो ज्यों दिखा रही हों फटी हथेलियाँ
अपने उन्हीं चाँद-तारों को और
ऐसे जैसे कह रही हों उनसे ही
कि सहलाएँ वे ही इन्हें

पचास पार की ये औरतें अब आज़ाद हैं अपने जीवन में
और उसे जी भर जी लेना चाहती हैं।

माँ

उसके होंठों से फूटते शब्दों में होते हैं कई शब्द
वर्णमाला की पहचान के बिना
और भाषा की शुचिता से अनजान
वह गढ़ता है रोज़ कई शब्द
जिनके अर्थ मिलते नहीं कहीं किसी कोश में

वह हँसता है, मुस्कुराता है और फूटते हैं शब्द इस क्रम में
लेकिन जब होता है उदास
जब गालों पर लुढ़कती हैं दो बूँदें आँसू की
न जाने कैसे फूटता है एक ही शब्द
बार-बार उसके मुँह से—माँ
मैं सोचती हूँ कि शायद इसी क्षण को देखकर
कहा होगा सभ्यताओं ने माँ को माँ और
मैं इस शब्द की गहराई में डूबने-उतराने लगती हूँ।

बेटे के लिए

(1)

मेरा आठ माह का नन्हा बेटा
अपने नन्हे नन्हे हाथों से पकड़ने की करता है कोशिश
धूप का एक मासूम टुकड़ा
वह हर बार दुगुने उत्साह से झपटता है उस टुकड़ा भर रोशनी पर
और हर बार निराश होता है
मैं उसे इस तरह धूप से खेलते देख मुस्कुराती रहती हूँ।

(2)

उसके नन्हे नन्हे होंठों से अब फूटने लगे हैं बोल
वह हँसता है, मुस्कुराता है, बोलता है कुछ अबूझ-सा
और मैं दिन-रात उसके अबूझ शब्दों के अर्थ खोजती रहती हूँ ऐसे
जैसे खोजे होंगे मेरी माँ ने कभी मेरे अबूझ शब्दों से।

(3)

उसे छोड़कर जब भी उठती हूँ उसके पास से
वह देखता है मुझे ऐसे
जैसे मेरा वहाँ से उठना बेमानी हो
उसकी आँखों की उदासी और बेचैनी
उदास कर जाती है मुझे भीतर से और
मुझे अपनी दुनिया को सँवार ले जाने के सारे ज़रूरी काम
एकबारगी बेमानी लगने लगते हैं।

मेन एट वर्क यानी आदमी काम पर हैं

यह एक दृश्य है जिसमें
चलती फिरती सड़क पर एक किनारे
फ़ुटपाथ से सटे हिस्से पर एक बड़ा-सा गड्ढा खुदा है
और उस गड्ढे में उतरे हुए हैं ईन मीन तीन जन
ये तीन जन मिलकर कर रहे हैं उस गड्ढे के भीतर
कुछ बिगड़े हुए को सँवारने की कोशिश
ताकि दौड़ सकें सड़क पर गाड़ियाँ पहले-सी रफ्तार से
ताकि न जमा हो भीड़ और न आ पाये रुकावट
बेहद तेज़ गति से चल रहे इस बड़े शहर की चाल पर

उन ईन मीन तीन जनों में एक स्त्री भी थी जो
गड्ढे में उतरने से ऐन पहले बैठा आयी थी
अपने दुधमुँहे से बच्चे को फ़ुटपाथ पर और
बोल आयी थी कान में उसके कि शान्त रहे वह तो
लौट आएगी वह जल्द ही

काम में उलझी स्त्री थोड़ी-थोड़ी देर पर
फ़ुटपाथ पर अकेले बैठे अपने बच्चे को दे जाती थी दिलासा
इस तरह वह स्त्री उन पुरुषों की तुलना में अधिक करती थी काम
पाताल से ज़मीन की दूरी को अपने थके क़दमों
और बेदम साँसों से नापती वह औरत कर रही थी काम
ताकि भर पेट खा सकें उसके बच्चे

वह स्त्री काम कर रही थी
और सड़क पर रखे बोर्ड पर लिखा था
सावधान! मेन एट वर्क, यानी आदमी काम पर हैं।

सड़क पर भागते हुए घोड़े को देखकर

कल दोपहर दिल्ली की चिलचिलाती गर्मी में
जहाँ सड़क पर दूर तक बिछा कोलतार
पानी होने का चमकीला भ्रम पैदा कर रहा था जहाँ
सब्ज़ी बेचने वाला एक मामूली रेहड़ी वाला
पानी छिड़क-छिड़क कर अपनी सब्ज़ी को किसी तरह
बासा पड़ने से बचाने की ज़द्दोजहद में उलझा
कभी आसमान को ताक रहा था तो कभी
टाट पर बिछी सब्ज़ियों को

जहाँ सड़क पर चलते राहगीर कोस रहे थे सूरज को
कि आख़िर क्यों उसका ताप बढ़ता जा रहा है इस तरह
कि जल ही जाए हड्डियों पर बिछी चमड़ी

एक घोड़ा उसी सड़क पर बेतहाशा दौड़ा जा रहा था
घोड़े के इस तरह बेतहाशा भागते जाने ने जैसे
रोक दिया था पूरे दृश्य को ऐसे
जैसे रिमोट से दबा दिया हो पॉज़ का बटन किसी ने

घोड़े को सड़क पर यूँ सरपट दौड़ते देखना
हम शहरियों के लिए एक दृश्य हो सकता है कौतूहल का
हमारी आँखें जो अभ्यासी रही हैं देखने की
इन घोड़ों को जुते हुए ठेले में या फिर
ढोल बाजे के शोरशराबे में जब सवार हो
इन पर कोई दूल्हा

सड़क पर घोड़े का यूँ सरपट दौड़ते जाना
हैरान कर गया एकबारगी हमें
अपनी सुनहरी पूँछ को हवा में उठाते
दौड़ रहा था वह घोड़ा ऐसे जैसे
अब नहीं गुज़रेगा इस सड़क से कभी भी
उसके क़दमों की ताल में एक संगीत था आज़ादी का
सड़क पर सरपट दौड़ते घोड़े को देखना
इतिहास को बदलते हुए देखना था
वह घोड़ा न किसी अस्तबल में बँधा था अब
न ही किसी गाड़ी में जुता था और
न ही निरासक्त-सा शामिल था किसी के ब्याह में वह

उस आज़ाद घोड़े का एक ही दिशा में निरन्तर दौड़ते जाना
कँपा भी गया मुझे भीतर से कहीं कि
जब थक जाएँगे इसके क़दम तो कहाँ सुस्ताएगा यह
कि कब तक रहेगी इसकी यह आज़ादी इसके साथ
इसे यूँ बेलगाम दौड़ते देखकर चौकन्ने हुए होंगे
कहीं शिकारी भी
पिछली कई रातों से मेरी गहरी नींद की दीवार तोड़कर
मेरे सामने आ खड़ा होता है वह घोड़ा और
मैं डर कर उठ जाती हूँ और
दुआ करने लगती हूँ कि
बन्धनों को तोड़ने का जो जोख़िम उसने उठाया है
उसमें उसे मनचाहा मिले

वह दौड़ सके सड़क पर यूँ ही कि
पिघलता कोलतार सड़कों का भी
पस्त न कर पाये उसके हौसले कभी
वह यूँ ही दौड़े आज़ाद और
हैरानी न हो लोगों को उसे देखकर इस तरह
वह घोड़ा आज भाग निकला है अपने बन्धन से
और सड़क पर खड़े लोग उसे देखकर हैरान हैं।

2014 की बारिश में भीगती लड़कियाँ

(अख़बार में छपी एक तस्वीर को देखकर जिसमें तीन लड़कियाँ स्कूटर पर बैठी मानसून की बारिश में भीग रही हैं।)

यह 2014 के मानसून की बारिश है
जिसमें चुनाव, दंगल, सरकार और
बजट सब कुछ को पीछे छोड़ भीग रही हैं दिल्ली की सड़कें
दिल्ली की सड़कों के संग भीग रहा है
दिल्ली का लालक़िला, दिल्ली का कुतुबमीनार
दिल्ली की नयी सड़क, दिल्ली का चाँदनी चौक
दिल्ली का इण्डिया गेट, दिल्ली का राष्ट्रपति भवन
इसी बारिश में भीग रही है दिल्ली की संसद
और भीग रहा है साथ ही जन्तर मन्तर
इसी सड़क पर भीग रही हैं स्कूटर पर बैठी
तीन अभी-अभी जवान हुई लड़कियाँ भी

यह अख़बार में छपी एक तस्वीर का दृश्य है
जहाँ भीग रही हैं तीन लड़कियाँ अपने स्कूटर पर
और उनके ठीक पीछे भीग रहा है इण्डिया गेट
वही इण्डिया गेट जहाँ 2012 की दिसम्बर की
कड़कड़ाती सर्दी में जली थीं हज़ारों मोमबत्तियाँ
वही राष्ट्रपति भवन, जिस पर चढ़ गयी थीं
रोती, बिलखती और क्रोध से चिल्लाती लड़कियाँ
भीग रही है इन लड़कियों के साथ दिल्ली की
यह सड़क और वे सड़कें भी जिन पर
दर्ज़ किया था उन्होंने अपना प्रतिरोध बीते दिसम्बर में

आज इसी सड़क पर भीग रही हैं और झूम रही हैं
ये लड़कियाँ मानो इसी बरसात से बुझा दिए हैं
उन्होंने मातम के सारे दीए और
वे माँग रही हैं अपना अधिकार
सत्ता के इन्हीं प्रतीकों से कि
नहीं रोना चाहतीं, नहीं रोएँगी वे अब फिर कभी
कि वे चाहती हैं कि झूमें वे भी बारिश में
वैसे ही मदमस्त जैसे नाचता है मोर
वे भी आ जा सकें वैसे ही
जैसे बेवक़्त आती-जाती रहती है पेड़ पर चिड़िया

दिल्ली की सड़क पर भीगती ये लड़कियाँ
मानो फाड़ आयी हैं इतिहास के सारे पन्ने
अपने पैने नाखूनों से और
अब एक नया इतिहास लिखना चाहती हैं
जिनमें उनके हिस्से भी आये भरपूर आज़ादी
बिना किसी डर, बिना किसी खौफ़ के
वे भी अपनी आँखों से देख सकें वे बिन्दु
जहाँ आकर समा जाता है रात का गहरा अँधेरा
सुबह की चमकीली रोशनी में
वे खुली आँखों से दिन को रात और
रात को दिन में तब्दील होते देखना चाहती हैं

वे इस साल बारिश में भीग जाना चाहती हैं यूँ ही खुली सड़क पर
वे इस साल इसी बारिश में मिटा देना चाहती हैं
दीवारों पर लिखी वे सारी तहरीरें जो
लिखी गयी हैं खास उन्हीं के लिए
वे इस साल सँभलना नहीं लड़खड़ाना चाहती हैं
वे इस साल सब कुछ बदल देना चाहती हैं।

मैं तुम्हारे हर पल ख़ुश रहने का राज़ जानना चाहती हूँ

(उस लड़की के लिए जिसे मैंने हमेशा मुस्कुराते देखा है।)

मैंने तुम्हें देखा है करीब से
एक नहीं बल्कि कई-कई बार
तुम ठीक वैसी ही हो जैसी
होती हैं लड़कियाँ
फिर भी मैंने तुम्हें और लड़कियों से अलग
हमेशा मुस्कुराते सिर्फ़ मुस्कुराते देखा है

मुस्कुराहट में खिंचे तुम्हारे होंठ और
मुस्कुराहट में चमकती तुम्हारी आँखें
सदा बढ़ी ही हैं जैसे बढ़ता है पूनम का चाँद
कभी तुम्हारी मुस्कान में आयी हो इंच भर भी कमी
ठीक-ठीक याद नहीं मुझे

तस्वीरों में दिखतीं तुम्हारी मुस्कुराती आँखें
कैमरे की चमक से ही कई गुना और चमक जाती हैं
तुम मुस्कुराती हो ऐसे जैसे कोई सख्त नियम हो
वह तुम्हारी बनाई दुनिया का जिसमें
तुमसे कम मुस्कुराना एक अपराध हो जघन्य

तुम्हें यूँ ही देखना हँसते-खिलखिलाते
बेहद सुकून पहुँचाता है मेरे मन को, लेकिन
फिर अचानक ठिठक-सी जाती हूँ मैं

यह सोचकर कि
तुम्हारी यह मुस्कान वास्तव में वही है ना
जहाँ दिखती है मुझे हर बार
तुमसे मिलने पर या न मिलने पर भी

मैं चाहकर भी तुम्हें काटकर नहीं देख पाती
स्त्रियों के इतिहास से
न चाहकर भी मजबूर हो ही जाती हूँ
यह सोचने को कि
आख़िर जो तुम दिखती हो इतनी ख़ुश
यह कोई सतरंगी परदा तो नहीं तुम्हारा ओढ़ा हुआ
जिसके पीछे छिपे हों रिसते कराहते दुख
यह हो सकती है मेरी सीमा भी या
मेरी सीमित दुनिया का जिया हुआ
मेरा खास अनुभव, लेकिन
मेरा यह अनुभव मुझे तुम पर
विश्वास करने से रोकता है

अपनी कविता के अन्त में बस यही एक इच्छा है
तुम्हारी फैलाई मुस्कान से जो सुबहें खिलती हैं
वे छद्‌म न हों
कि तुम सी ही मुस्कुराती रहें
मेरी सृष्टि की सारी प्यारी लड़कियाँ और
किसी ने न ओढ़े हों परदे सतरंगी
मैं तुम्हें देखकर तुम्हारी हँसी की
बलाएँ लेना चाहती हूँ और
कहीं हो कोई दुख तुम्हें तो
बनी ही रहना चाहती हूँ उससे अनजान
कि तुमने तय परिभाषाओं से अलग
एक दुनिया रची है जो अच्छी लगती है मुझे
चाहे फिर वह झूठी ही क्यों न हो।

माफ़ीनामा

सुनो मेरी बिटिया
तुम्हारे जन्म की पाँचवीं ही सालगिरह पर
मैं तुम्हारे कानों में कुछ कहना चाहती हूँ
जानती हूँ मैं कि अभी छोटी हो तुम उस उम्र से
पर बदलते वक़्त ने कहाँ छोटा रहने दिया अब बेटियों को

बदलते वक़्त ने चौकन्ना कर दिया है स्त्रियों को
कि वे अपने स्त्री जीवन के अनुभवों की थाती
झट से साझा कर लेना चाह रही हैं अपनी बेटियों से

बेटियो सावधान हो जाओ कि
बढ़े ही आ रहे हैं शिकारियों के झुण्ड तुम्हारी ओर
कि तुम्हें रहना है सतर्क अपनी उम्र से ज़्यादा
तुम्हें पहचानना है अच्छे और बुरे का फ़र्क़
तुम्हें पहचानना है अच्छे और गँदले स्पर्श का फ़र्क़
तुम्हें बच्ची से बढ़कर अब स्त्री हो जाना है

हो सके तो माफ़ करना मेरी बच्ची
कि मेरे समय ने सबसे अधिक छीना
तुमसे तुम्हारा बचपन
तुम्हारे हाथों से छीनकर गुड़िया, खिलौने
थमा दिए हैं हथियार अपनी रक्षा के

तुम्हारी आँखों से छीनकर भोलापन, मासूमियत
भर दिया है उनमें हिरनी का सा चौकन्नापन

न चाहकर भी मैं छीन रही हूँ तुमसे तुम्हारा बचपन
और थमा रही हूँ पोटली
तुम्हें अपने जिये अनुभवों की।

उदासी

अठमाहे गर्भ को अपनी देह में छिपाए
वह लेटी है आँखें मूँद कर ऐसे
जैसे सो रही हो गहरी नींद
और सो रहा हो उसके पेट में उसका अठमाहा बच्चा
यह अख़बार में छपी एक तस्वीर है
जहाँ भीषण त्रासदी के निशान बिखरे पड़े हैं यहाँ-वहाँ

पूरे परिदृश्य में मची हलचल और हाहाकार के बीच
दीवार से सिर टिकाये वह स्त्री मृत पड़ी है
ऐसे जैसे दिन भर के काम के बाद थककर
सो गयी हो पलभर, और
ऐसे जैसे पलभर सो लेने के बाद
सहारा लेकर इसी दीवार का खड़ी होगी फिर से
और सहलाएगी अपने अजन्मे बच्चे को मन भर
जैसे सो गया हो उसके भीतर ही उसका अठमाहा गर्भ भी
अपनी माँ के पेट से टेक लगाये सो रहा वह मासूम
सुरक्षित है भीतर कि
सबसे सुरक्षित महसूसते हैं बच्चे स्वयं को
जब होते हैं माँ के स्नेह से भरे अंक में

मेरी आँखों के सामने जीवन्त हो उठता है
उस मासूम का मृत चेहरा कि
पेट के भीतर अपने नन्हे हाथों से

कैसे थाम रखा होगा उसने अपनी माँ को
अपनी आँखें मींचे कितना सुरक्षित महसूस रहा होगा ख़ुद को

और इसी तरह अजन्मा ही लौट गया वह जहाँ से आया था

यह मेरे समय का भयानक सच है
कि चारों तरफ़ मचा है हाहाकार
और अजन्मे ही लौट जा रहे हैं बच्चे
ऐसे जैसे कोई उदास लौट जाए दरवाज़े से।

आईने में स्त्री

अपनी स्त्रियों के कन्धों पर लाद कर सारा बोझ
आख़िर कैसा महसूस करते हैं पुरुष

वे सुस्ताते हैं दिन भर अपने भीतर
बिछे पुंसत्व के गद्‌देदार बिछौने पर और
बीच-बीच में जम्हाई लेते वक़्त
अपनी स्त्रियों का शुक्रिया अदा करते हैं

अपने इन पलों में वे अक्सर कहते हैं
कि स्त्रियाँ ही हैं जिनके होने से
बची हुई है यह पृथ्वी
नहीं तो कब की डूब चुकी होती वह
अपने ही भीतर के पानी में
स्त्रियाँ ही हैं जिन्होंने अपने नाज़ुक कन्धों पर
थाम रखा है इस सृष्टि को

वे रात के घने अन्धकार में पोंछते हैं उनके आँसू
सहलाते हैं उनके कठोर हो चुके हाथों को
उनके बोझ से छिल चुके कन्धों पर
लगाते हैं अपने गर्म चुम्बन का मर्म
धीरे-से उनके कानों में बुदबुदाते हैं कुछ गुदगुदा-सा और
फिर अगली सुबह निकल जाते हैं

उन कोनों की ओर जहाँ उनका
पुंसत्व पैर पसारे सो रहा होता है

वे पुरुष अक्सर भरी महफिलों में कहते हुए पाये जाते हैं
कि स्त्री न होती उनके जीवन में तो
अधूरा ही होता उनका व्यक्तित्व
अधूरी ही होती उनके हिस्से के चाँद की रोशनी और
यह कहते हुए शादी की सालगिरह पर
उनकी डिग्रियों को फ्रेम में जड़वा देते हैं

वे अक्सर अपनी पत्नी के गले में पहनाकर
मोतियों का हार जताते हैं कि
देखो मैंने कितना प्यार किया है तुमसे
तुम मेरी हो और मैं तुम्हारा
तुम्हारा यह रूप, यह सौन्दर्य सिर्फ़ मेरे लिए है
और यह कहकर जड़ देते हैं उसे आईने में
आईना, जिसमें नहीं दिखती तो केवल वह स्त्री।

बेबसी-सी है कुछ

रोज़ सुबह जब घड़ी अलसाई-सी
सुबह हो जाने का संकेत देती है
मैं अपनी आँखें मलती उठ खड़ी होती हूँ बिस्तर से
बगैर इस बात की चिन्ता किए कि
पिछली रात आख़िर सो ही पायी कितने घण्टों के लिए
बगल में सोयी अपनी बिटिया को कुछ और देर
के लिए कम्बल में लपेटते ऐसे जैसे
इन्हीं कुछ पलों में वह अपनी सबसे ख़ूबसूरत नींद सोएगी
मैं चल देती हूँ रसोई की ओर
बर्तनों को उठा-पटक कर
कड़ाही, पतीलों में उँड़ेलकर अपने हाथ का सारा स्वाद
पका देती हूँ कुछ ऐसा जिसे वह मन से खाये
और इस तरह माँ होने का अपना फ़र्ज़ निभाती
रोज़ धकेलती हूँ अपने भीतर की स्त्री को

मैं चाहती हूँ उससे कि कहे वह
माँ आज बहुत अच्छा था तुम्हारे हाथ का पका खाना
और यह कि कहे वह
कि तुम हो धरती की सबसे अच्छी माँ
दरअसल हर माँ सुनना चाहती है अपने बच्चों के मुँह से
ये शब्द जिनमें उन्होंने बैठाया हो
माँ को धरती की सबसे ऊँची जगह पर

अपने हाथ से पकाकर उसके लिए कुछ उसका मनपसन्द
मैं माँ होने की और भी कई ज़िम्मेदारियों से
मुँह फेर लेती हूँ बेहद नम आँखों से
और भूल जाना चाहती हूँ वे पल
जब मेरी बेटी हाथ थामकर मेरा
ज़िद करती है स्कूल न जाने की
कि वह चाहती है मैं दिनभर रहूँ उसके साथ ही
जब कहती है वह
कि न जाओ आज ऑफिस माँ
मैं दिनभर तुम्हारी आँखों के सामने जी भर शैतानियाँ करना चाहती हूँ

जानती है वह कि इन्हीं बदमाशियों के लिए
मैं डाँटती भी हूँ उसे मनभर और
कभी-कभी तो चपत भी पड़ जाती है उसे
लेकिन शायद वह इसी चपत के लिए ही
मेरे साथ रहना चाहती है

मैं समझाने की करती हूँ एक नाकाम कोशिश भी
उस चार साल की मासूम को कि
जाना कितना ज़रूरी है मेरा ऑफिस
हम सबके लिए, पर
वह समझना ही नहीं चाहती है
वह तो बस मेरी बेहद व्यस्त ज़िन्दगी से
अपने लिए कुछ पल चुराना चाहती है

उसकी आँखों की मासूमियत, उसकी बेबसी
बेचैन करने लगती है मुझे और
मैं अगली सुबह कुछ और बेहतर
पकाने की जुगत में लग जाती हूँ।

ये बग्घीवाले

रात के गहरे अँधेरे को चीरती चली आ रही है
फूलों से सजी-लदी एक बग्घी
सफ़ेद घोड़ी से लेकर बग्घी के पहियों तक
सब कुछ महक रहा है अपनी ख़ुशबू से
यह बग्घी कह रही है एक कहानी कि
सवार था अभी कुछ देर पहले कोई दूल्हा इस पर
कि उसको पहुँचाकर अपने गन्तव्य लौट रही है यह वहाँ से
बग्घी बता रही है कि जहाँ उतरा था इसका सवार कुछ देर पहले
वहाँ रौनक है, रोशनियाँ हैं, ठहाके हैं, संगीत है
और है और भी बहुत कुछ

काली सड़क पर अपने पाँव पटकती लौट रही है
यह बग्घी अब अपने ठिकाने जहाँ से
बनेंगी कई नयी योजनाएँ आने वाली रातों की
सवार होंगे और कई दूल्हे इन लकदक गाड़ियों पर
पर अभी सवार हैं इस पर दो लोग
ये दूल्हे नहीं हैं फिर भी कर रहे हैं सवारी बग्घी की
ये जहाँ जा रहे हैं वहाँ न होगी रोशनी
न रौनक, न ठहाके, न संगीत
वहाँ पसरा होगा एक सन्नाटा जहाँ
अँधेरे और गहरी नींद को अपनी थकी आँखों से धकेलती
खड़ी होंगी इनकी औरतें

ये बग्घी के नियमित सेवक हैं जो हर रात
सज-धज कर चल देते हैं अपने काम पर

बारात की चौंधियाती रोशनी भी
नहीं उजला कर पाती इनके चेहरों को
बग्घी पर पड़ी अधमरी लाशों की तरह
ये जब लौटते हैं अपने घर तब तक
सो चुके रहते हैं इनके मासूम बच्चे
पिता के बेसब्र इन्तज़ार में
और उन बच्चों के सपनों में भी आती हैं
फूलों से सजी ऐसी ख़ूबसूरत बग्घियाँ
बग्घीवाले जानते हैं कि उनके बच्चे देख रहे हैं सपने
ख़ूबसूरत और महकती बग्घियों के

बग्घीवाले देखते हैं अपनी पत्नी की गहरी, धँसी आँखों में
और अपनी आँखें झुका लेते हैं
अपनी पत्नी को कसकर अपनी बाँहों में
वे दबा लेना चाहते हैं अपनी सारी चीखें
पत्नी के होंठों पर रखकर अपने दाँत
वे बदला लेना चाहते हैं ऐसी रंगीन बारातों से
कि क्यों नहीं उनके हिस्से में
इन रोशनियों की एक किरण भी
वे इन रोशनियों को भरना चाहते हैं अपनी पत्नी की माँग में
लेकिन हारकर छिपा लेते हैं अपना सिर
उसके आँचल में और इन्तज़ार करते हैं
इस रात के कभी न बीतने का।

16 दिसम्बर 2014

(पाकिस्तान के पेशावर में तालिबानियों द्वारा आर्मी स्कूल में बच्चों की नृशंस हत्या पर)

(1)

वह एक ऐसी जगह थी जहाँ
देखना सीख रहे थे नन्हे बच्चे रंग-बिरंगे सपने
उस कमरे में बिखरे हुए थे रंग कई
कई तितलियाँ थीं, सूरज था, चाँद-सितारे थे
वे आते थे मुस्कुराते हुए इन कमरों में
और रंगों की रंगीन दुनिया में खो जाते थे
वे नहीं जानते थे धर्म इन तितलियों का
उन्हें नहीं पता था इन सूरज, तारों और रंगों का मज़हब
वे तो बस हँसते थे, मुस्कुराते थे और
हँस देते थे देखकर उन्हें सूरज, चाँद, सितारे भी
मुस्कुरा देती थीं तितलियाँ अपने पंख पसारकर
वे छोटे-छोटे बच्चे थे
जो उड़ना चाहते थे तितलियों की तरह
वे तितली के पंखों के रंगों में से एक रंग हो जाना चाहते थे

वे देखते थे दीवारों पर और किताबों में बने इन्द्रधनुषों को
और उन्हें आसमान में देखने की इच्छा ज़ाहिर करते थे
वे रखते थे एक-एक रंग पर उँगली
वे पूछते थे इन सारे रंगों का मतलब
वे इन्द्रधनुष के सात रंग हो जाना चाहते थे

आज जब वे नहीं हैं तो चारों ओर फैला है सिर्फ़ लाल रंग
रो रही हैं उनकी माँएँ उनके सीने पर रखकर सिर
आज वे मुस्कुरा नहीं रहे हैं
न ही उन्हें देखना है आज इन्द्रधनुष
रंगों की ठीक से पहचान किए बिना ही
वे लौट गये हैं वापस
अब नहीं पहचान पायेंगे वे सारे रंग कभी।

(2)

बार-बार चूमती हूँ अपने मासूम बच्चों के गाल
ऐसे जैसे चूम रही हूँ उन बच्चों को जो
जुदा कर दिये गये अपनी बिलखती माँओं से
बार-बार चूमती हूँ अपने बच्चों को ऐसे
जैसे दे रही हूँ दिलासा उन बेबस पिताओं को
जिन्हें सबसे कम याद किया गया
इस पूरे मंज़र में

माँ हूँ मैं जानती हूँ माँ होने का मतलब
बेचैन हो जाती हूँ हो जाये जो ओझल
बच्चे एक पल के लिए भी आँखों से
उन माँओं को कैसे दूँ दिलासा
जिनसे छीन लिया गया उनके बच्चों को
उस समय जब वे अपने जीवन के
सबसे ख़ूबसूरत ख़्वाब बुन रहे थे

रो रहे हैं पिता फूट-फूट कर
भूल कर पुरुष होने की वे सारी हिदायतें
जिन्हें ढोते रहे हैं वे अपने कन्धों पर
सदियों से पूरे अभिमान के साथ

उस धरती के बारे में क्या कहूँ
जिसने माँगा था थोड़ा-सा प्यार सपने उगाने को
और जिसे सींच दिया गया
नन्हे मासूमों के गर्म-ज़र्द ख़ून से

उन आतंकियों की कारतूसों ने
छेदा नहीं सिर्फ़ उस स्कूल की दीवारों को
बल्कि छलनी कर दिया उन सारे विश्वासों को
जिसमें सिखाया गया था कि
बच्चे तो ख़ुदा के भेजे फ़रिश्ते होते हैं

आज ये जो लाशें बिछी हैं ज़मीन पर
उन्होंने तोड़ दी हैं सरहदें हर धर्म और जाति की
कि बेचैन कर रही है वह ख़ून से लथपथ ज़मीन
हर उस शह को जिसके सीने में दिल धड़कता है

मेरा समय दुःस्वप्नों के भयावह दौर से गुज़र रहा है
मेरे समय ने सबसे अधिक कुचला है सपनों को
और हम सिर झुकाए खड़े इसके गवाह हैं।

बड़ी हो रही बेटी के लिए

ज्यों-ज्यों बड़ी हो रही है मेरी बेटी
माँ मुझे और अधिक समझ में आने लगी है
कि क्यों अक्सर वह मुझे लगा देती थी माथे पर काला टीका
ताकि बुरी नज़र न पड़े किसी की मुझ पर
बेचैन हो जाती थीं उसकी आँखें कि
वह तहाकर रख लेना चाहती थी मुझे
अपनी रसोई में रखी माचिस की डिबिया में

आज जब बेटी को बढ़ता देखती हूँ तो
लगता है देख रही हूँ ख़ुद को ही बढ़ते हुए
मेरी आँखें भी माँ की आँखों की तरह
रहने लगी हैं बेचैन
अक्सर उसके साथ ही रहने लगी हैं मेरी आँखें
कि जब वह जी रही हो अपने बचपन के सबसे ख़ूबसूरत पल
तब वे चौकसी कर सकें उसकी पूरी मुस्तैदी से
मैंने भी जुटा ली हैं छोटी-बड़ी न जाने
कितनी ही डिब्बियाँ जिनमें
तहाकर तो कभी सहेज कर रख सकूँ
मैं अपनी बेटी को जब चाहे

पर मैं अपनी माँ सी होना नहीं चाहती
नहीं चाहती तहाना उसके नित दिन
खिलते उजास को

मैं नहीं सहेजना चाहती उसे
ऐसे या वैसे किसी भी तरीके से

ध्वस्त कर देना चाहती हूँ
उन सारी डिब्बियों को जिनमें
डरकर ही तहाकर रखी जाती रही हैं बेटियाँ

मेरी बेटी बड़ी हो रही है और
मैं ध्वस्त करने में जुटी हूँ सारी डिब्बियाँ और सारे सन्दूक
इन दिनों।

रंग

इन दिनों बड़े ज़ोरों से भरमाने का दौर चला है
भरमा रही है हर रंगीन चीज़
अपने सारे फूहड़ रंगों को एक साथ समेटे
ऐसे भरमा रहे हैं ये रंग जैसे इनसे
पहले कोई सरोकार ही न रहा हो मेरा और
आज ये दिख रहे हैं बिल्कुल अलग

यूँ तो बचपन से ही रंगों से अजीब-सा नाता रहा है मेरा

चाहती रही मैं कि सब रंग बिखरे हों
मेरे कपड़ों में
हँसती थी माँ और कहती थी पगली है मेरी बिटिया
नहीं समझ इसे रंगों के तालमेल की भी
पर न जाने क्यों रंगों ने मुझे आकर्षित ही किया हमेशा

बहुत छोटी उम्र से ही समझने लगी थी मैं रंगों के अर्थ
कि लाल रंग होता है बहुत चटकीला
माँ की चूड़ियाँ हों लाल तो खुशियाँ होती हैं जीवन में
गुलाबी रंग ने न जाने कब फ्रॉक की झालर से निकलकर
मेरी ज़िन्दगी में जगह बना ली
मैं गुलाबी सपने देखने लगी थी बहुत छोटी उम्र में
नीले-पीले चटक रंगों को अक्सर फिराती थी
अपनी कूची से किताबों पर मैं
और डुबोकर उनमें अपना चेहरा

देखती थी खुद को घण्टों आइने में

काले और सफ़ेद रंग से भी एक नया परिचय
माँ ने ही करवाया जब
छाने लगी काली स्याही माँ की आँखों के नीचे
जब छा गयी थी सफ़ेदी
उनके कपड़ों से लेकर चेहरे तक पर

इन रंगों से मेरा यह नया परिचय था

कई रंग आये-गये जीवन में कई-कई बार
कुछ तो ठहर गये जीवन भर के लिए
कुछ को थाम लिया मैंने बाँह पकड़कर

इस तरह रंगों से बना ही रहा मेरा सम्बन्ध जीवन भर
पर अब यह नया दौर आया है
जब ये रंग भरमाने निकल पड़े हैं
अपनी सारी हदें तोड़कर
इस भरमाने के दौर में सबसे ज़्यादा
कामगार हो रहे हैं ये रंग ही
ये रंग अपनी प्रकृति से अलग, हो गये हैं गुलाम

सौदा-सुलफ लेने जाओ बाज़ार तो
लुभाते हैं कई अनचाहे रंग

ज़िन्दगी में तो इन रंगों ने बवाल ही मचा दिया है
चुनती हूँ कोई एक रंग फिराने को दीवार पर
तो देखकर स्तब्ध रह जाती हूँ कि
न जाने कहाँ से आ गये वे रंग भी
जिन्हें छुआया भी नहीं था मैंने कूची से

इण्टरनेट पर सर्च करने लगती हूँ कुछ अबूझ

तो भरमाने लगते हैं अजीब से भद्दे रंग
एक दिन थामकर इन रंगों का हाथ
डूबते-उतराते अपने बचपन के इन्द्रधनुष में
निकल गयी मैं ढूँढ़ने कुछ नया
अनछुए रोंये-सा कोई टटका रंग
घसीटते गये ये मुझे फूहड़, भद्दे और
लिसलिसे रंगों के दलदल में

हमारे समय ने बदलकर रख दी है रंगों की परिभाषा
अब वे नहीं आते हैं इन्द्रधनुष की तरह सतरंगी
बल्कि चटख हो गये हैं वे अपने स्वभाव में
नीला रंग काले रंग से हो गया है एकमेक
नीले का अर्थ हो गया है ब्लू
लाल ने बदलकर चोला धर लिया है हॉट का
गुलाबी अब झूल रहा है प्रेम और सेक्स के बीच
नारंगी, सफ़ेद और हरे पर तो कुछ न ही कहा जाए तो बेहतर

इस तरह इन रंगों ने धूमिल कर दिया है
मेरे बचपन की रंगीन स्मृतियों को
मैं कशमकश में हूँ कि उम्र के इस दौर में
रंगों के कौन से अर्थों को समझूँ सही
वे जो मेरे बचपन में थे या वे
जो वर्तमान में तय किए जा रहे हैं।

वह लड़की और रंग

(1)

मैं देख रही हूँ इन दिनों उस लड़की को
तड़पते गहरे अबूझे दर्द से
इस तरह मैं कुछ रंगीन सपनों को
मरते हुए देख रही हूँ।

(2)

वह लड़की रोज़ बनाती है चित्र अपने घर की दीवारों पर
वह भरती है उनमें रंग हरे, नीले, पीले, बैंगनी, बासन्ती
इस तरह वह लड़की अपने हिस्से आये
दर्द के काले आसमान को कुछ पलों के लिए
चमकीले रंगों से भर देती है।

(3)

वह लड़की जब होती है दर्द में
तब वह उठा लेती है हाथों में ब्रश
दर्द बढ़ता है ज्यों-ज्यों
सूनी दीवारों पर गिरते रंग और निखरने लगते हैं।

(4)

वह लड़की उदास है पिछले कुछ दिनों से
नहीं बोलती किसी से शब्द भर भी
उसने उठाकर रख दिया है रंगों के पिटारे को

एक ओर ऐसे जैसे
ये ही कारण हों उसके असहनीय दर्द का
रंग उस लड़की की ओर
बड़ी आस लगाये देख रहे हैं।

(5)

मैंने देखा है उस लड़की की आँखों में बड़े ग़ौर से
अब भी उसकी आँखों में मुझे दर्द से कहीं ज़्यादा
रंग नज़र आते हैं।

उड़ान

उस लड़की को खिलकर मुस्कुराते देखना
अच्छा लगता है
अच्छा लगता है जब वह बेपरवाह-सी
ओढ़कर अपनी इच्छाओं के सारे रंग
निकलती है कड़कती धूप में और
एकबारगी गोरापन बेचने वाली क्रीमों के सारे मंसूबों को
धता बता देती है वह
कि नहीं इच्छा उसे गोरा या कि सुन्दर दिखने की

वह निकल जाती है साइकिल पर कहीं दूर
रौंदते हुए न जाने कितनी दीवारें
तोड़ते हुए न जाने कितने साँचे
जो बनाये जा रहे हैं सदियों से

पर्वत की अबूझ चोटी पर
अपनी हथेलियों को अपना छाता बना
वह देखने की कोशिश करती है वह क्षितिज
जो सुना तो था कई बार
पर देखा नहीं था कभी

वह बनाने लगती है एक ख़ूबसूरत चित्र कैनवस पर
और उच्छृंखल-सी होकर उँड़ेल देती है रंगों के पिटारे
हाथों से फैला देती है बेढंग उन्हें

कि नहीं रहना है अब सीमित उसे
नहीं बँधना है किसी खाँचे या कि साँचे में

सोचती है वह कि अब करेगी वही
जो उसे करना है बिना किसी फ़िक्र के कि
वह लड़की अपने बालों में उँगलियाँ फिराती
निकालती है अड़चनें बालों या कि
गाँठें अपने मन की
उसकी आँखों के निस्सीम उजास में मुझे
दिखने लगते हैं शब्दकोश नये जिनमें
नहीं हैं शब्द या कि पर्याय जिनमें
छिपा हो अर्थ पीछे मुड़कर देखने का

वह एक नयी राह बनाना चाहती है
जिसमें पिछले क़दम पीछा न करें उसका
वह अब बेलौस बस चलती चले जाना चाहती है।

बहरुपिया आ रहा है

इन दिनों घूम रहा है बहरुपिया अलग-अलग रंगों में
उसके झोले में हैं न जाने कितने भेस
न जाने कितने चेहरे, न जाने कितने रूप
वह क्षण क्षण बदलता है रूप और
दुनिया में बैठे लोग अपने रंगीन टी.वी. पर देखकर
उसकी तस्वीर रीझते रहते हैं उस पर
वह बदलता है मुखौटा और घुस जाता है भीड़ में
और झट से डालकर जेब में हाथ
खींच लेता है तस्वीर अपने ही इस नये रूप की

बहरुपिया खींच रहा है तस्वीर और
खिंचवा रहा है तस्वीरें
यही तस्वीरें बना रही हैं मेरे समय को और खिलन्दड़ा
कि खेल रहा है कैमरा हर रोज़ हमारी स्मृतियों से
बहरूपिये की तस्वीरें छायी हुई हैं
टी.वी., अख़बार, इण्टरनेट से लेकर
पानी में दिख रही परछाईं पर भी

बहरुपिया कहता है हँसो, हँसो ज़ोर से हँसो
कि अब समय आ गया है हँसने का, खिलखिलाने का
और टी.वी. पर स्पीकर तोड़कर हँसी के ठहाके
गूँजने लगते हैं
इतनी तेज़ी से हँसता है बहरुपिया कि
घर में सुस्ता रहे खाली मटके तड़क जाते हैं अचानक

बहरुपिया कहता है यह समय ऐतिहासिक समय है
कि इस समय में सबके हँसने के लिए हैं पर्याप्त कारण
और दूर जंगलों में चार साल का एक आदिवासी बच्चा
भूख से तड़पकर गँवा देता है जान

बहरुपिया बजाता है बीन शान्ति की
और एक पूरा गाँव छोड़कर अपने आँगन के देवता को अनाथ
चल देता है निराश किसी अनजान दिशा की ओर

बहरुपिया फिर बदलता है कपड़े और
कैमरा घूम जाता है उसके कुरते की बुनावट की बारीकियों पर
और उधर नदी में एक मायूस पुरुष जिसकी उम्र
उसके अनुभव से दोगुनी दिखने लगी है
देता है अपनी पत्नी को अन्तिम विदाई
जो पिछले कई सालों से नदी में आकंठ डूब
पति का हाथ थामे कर रही थी मूक विरोध सरकारी नीतियों का

बहरुपिया कहता है देखो देखो, इधर देखो
कि इधर से ही चमकेगा नया सूरज
इधर ही बनायेंगे हम नयी मीनारें, जो छू लेंगी आसमान को
वह कहता है कि विश्वास करो मुझ पर आँखें मीच कर
मैं लाऊँगा तुम्हारे लिए धरती की छाती से
तुम्हारे हिस्से का अन्न
तुम्हारे हिस्से की धूप, तुम्हारे हिस्से का पानी

वह कहता है मैं जगता हूँ रात भर तुम्हारे लिए
ताकि सो सको तुम चैन की नींद
लोग उसके मोहपाश में बँधने लगते हैं
वे मींचने लगते हैं अपनी आँखें उसके समर्थन में
और बहरुपिया फिर रूप बदल लेता है

वह कहता है इन्तज़ार करो मैं लाऊँगा
तुम्हारे हिस्से का सब कुछ, सब कुछ और
झट से हवाई घोड़े पर सवार हो जाता है

बहरुपिया अभी सात समन्दर पार बजा रहा है नगाड़ा
और खींच रहा है नयी तकनीक से नयी तस्वीरें
और यहाँ धरती के उस अँधेरे कोने में
रखकर अपनी जीभ पर सल्फास की गोली
सो गया है एक और किसान चुपचाप।

तुम्हारा पहला दाँत टूटने पर

सच कहूँ तुमसे
तुम्हारा पहला दाँत टूटने पर जितना रोयी थीं तुम
उससे कहीं अधिक भीगी थी मैं भीतर से
तुम रोयी थीं अपने दाँत को देखकर
ख़ुद से इस तरह जुदा
तुमने चूमा था उसे अपने होंठों से
ऐसे जैसे चूमती है माँ अपने नवजात को
गर्भ से बाहर निकलने के ठीक बाद

तुम रोयी थीं तो रोयी थी मैं भीतर से
कि तुमने आज खोने का अर्थ जाना

मेरी बेटी तुम्हारा दाँत टूटना
एक अध्याय था तुम्हारे जीवन की किताब का
कि ज़िन्दगी यूँ ही सिखाती है हमें धीरे-धीरे
और हमारे चेहरे का ललछौंहा रंग
उम्र के साथ परिपक्व होने लगता है

मैंने ही दबवाया वह दाँत तुमसे मिट्टी में
और जुड़वाये तुम्हारे हाथ चाँद के सामने
यह जानते हुए भी कि नये दाँत के आने का
दूर-दूर तक कोई सम्बन्ध नहीं मिट्टी
या कि चाँद से

यह एक और अध्याय था
तुम्हें मिट्टी से जोड़े रखने का ताकि
कुछ भी होकर, कुछ भी पाकर
न कट सको तुम अपनी जड़ों से और
मुश्किल के किसी भी क्षण में
एक उम्मीद बची रहे तुम्हें
सब कुछ फिर से हासिल कर लेने की

मेरी बच्ची जीवन यूँ ही खोने और पाने की
एक लम्बी और अन्तहीन प्रक्रिया है
जिससे होकर तुम्हें भी गुज़रना है
तुम्हारे दाँतों के बीच यह खुली खिड़की
कुछ और नहीं
जीवन से तुम्हारा एक नया परिचय है।

कथक सीखते हुए

(1)

जानती हो मेरी बच्ची जब तुमने अपने
घुँघरू वाले पाँवों से पहली बार मारी थी थई ज़मीन पर
तो वे घुँघरू उस कमरे में नहीं
मेरे अन्तस में ही कहीं बजे थे
तुम उत्साहित थीं बहुत अधिक और
ज़ोर-ज़ोर से रख रही थीं पाँव धरती पर
ता थई थई तत आ थई थई तत
तो उन घुँघरुओं ने पूरी लय छेड़ दी थी मेरे भीतर कहीं

शायद तुम नहीं जानतीं कि जितनी ख़ुश थीं तुम उस पल
उससे कहीं ज़्यादा ख़ुश थी मैं
कि अब तुम्हारे पाँव थिरकेंगे अपनी ही लय पर
कि तुम अर्जित करोगी एक नयी भाषा इन घुँघरुओं से
कुछ खास क्षणों में जब कम पड़ने लगेंगे
शब्द अभिव्यक्ति के
तुम्हारे पास होंगे घुँघरू जिनसे कहोगी तुम
बहुत कुछ अनकहा

मेरी बच्ची ये घुँघरू सिर्फ़ घुँघरू नहीं
आँखें हैं तुम्हारी, होंठ हैं तुम्हारे
तुम्हारे भीतर बहते संवेदनों का समुद्र हैं ये घुँघरू

अब तुम्हारे पैरों की थिरकन से पढ़ सकूँगी मैं तुम्हें
और बेहतर और बेहतर

(2)

आज जब तुम हर दिन निखर रही हो और ज़्यादा
सीख रही हो नये-नये भाव, नयी थिरकनें
टुकड़ा, आमद, ठाठ, लड़ी और न जाने क्या कुछ
तुमसे समृद्ध हो रही हूँ मैं
यह कि
तुमने समृद्ध ही किया है मुझे हमेशा

(3)

तुम मुस्कुराती हो तो मुस्कुराते हैं
तुम्हारे नन्हे-नन्हे पाँवों में बँधे घुंघरू
घुँघरू छनछनाते हैं तो मुस्कुराती हो तुम
घुँघरू और तुम्हारा यह कैसा नाता है कि
समझ नहीं पाती मैं
यह तुम हो जो मुस्कुरा रही हो या घुँघरू हैं

(4)

आज जब उदास थीं तुम
तो उदास थे तुम्हारे घुँघरू भी
तुम रख तो रही थीं पाँव ज़मीन पर
लेकिन उनसे आवाज़ ग़ायब थी
आज जाना मैंने कि तुम मुस्कुराती हो तो
मुस्कुराते हैं घुँघरू
तुम्हारे घुँघरू तुम्हारे मुस्कुराने का इन्तज़ार करते हैं।

(5)

कितनी प्यारी लग रही थी तुम उस पल
जब नाच रही थी मगन अपने आप में ही

तुम नाच रही थी तो लग रहा था
नाच रही है इज़ाडोरा
बेपरवाह अपने अतीत से
तुम नाच रही थी और नाच रहा था तुम्हारा अंग-अंग
नृत्य की एक-एक मुद्रा को आईने में निहारती
अपनी ही नन्ही-नन्ही चूकों को सुधारती
ऐसे जैसे गुरु हो तुम ख़ुद की ही और
देख रही हो अपनी ही मुद्राएँ किसी तटस्थ भाव से

कितना तो खोयी हुई थी तुम ख़ुद में
कितनी ही मदहोश अपनी ही कला पर
तुम नाच रही थी तो लग रहा था
नाच रही है पूरी पृथ्वी और मुग्ध हो देख रहे हैं
चाँद-सितारे, ग्रह-उपग्रह

तुम्हारे पैर का चक्कर
तुम्हारी हस्त मुद्राएँ
तुम्हारी आँखों की अदाएँ
तुम्हारी चाल, तुम्हारा ठाठ, तुम्हारा टुकड़ा, तुम्हारा राग
कितना तो परिपूर्ण बना रहा था उस पल तुम्हें

पर मेरी बच्ची इतना कुछ जानकर भी
नहीं जान पायी तुम उस पल कि
तुम्हारी हर उस मुद्रा पर नज़र टिकी थी किसी और की भी
वह देख रहा था तुम्हारे हाथों-पाँवों का उठना
तुम्हारे पैरों की थिरकन से लेकर
तुम्हारे चेहरे की मासूमियत तक
सब पर थी नज़र उसकी

न जाने क्या था उन आँखों में कि
तुम्हें एकटक निहारती, मुग्ध होती तुम पर भी
ठिठक गयी मैं क्षण भर को

मैं प्रेम करती हूँ और ठिठक जाती हूँ

तुम्हें प्रेम करने से मुझे रोकता है मेरा समय
कि जब-जब चाहती हूँ तुम पर प्यार लुटाना
न जाने कहाँ से कितने दृश्य हम दोनों के बीच आ खड़े होते हैं
जिनमें छिपा रहता है कुछ इतना भयावह, इतना विद्रूप
कि प्रेम एकबारगी ग़ैरज़रूरी-सा लगने लगता है

बन्दूक की नोक पर खड़े कर जहाँ किया जा रहा हो प्रेम
वहाँ तुम्हारे लिए लिखी प्रेम कविता में
मैं शर्म से धँसा लेती हूँ सिर
कि इस समय ने खारिज कर दिया है प्रेम कविता को

ऐसे समय में जहाँ ज़िन्दा रहने के लिए
ज़रूरी हो जायें प्रमाण-पत्र वहाँ
बिना किसी प्रमाण-पत्र के तुम्हारा प्रेम-निवेदन
अप्रामाणिक ही तो है

अप्रामाणिक और अविश्वसनीय ही तो है
तुम्हारा मुझ पर सर्वस्व लुटा देना और
एक भी विज्ञापन न दिखना उसका शहर की दीवारों पर

इन दिनों विज्ञापनों से पटी हैं हवाएँ इस क़दर
कि चाहकर भी नहीं रख सकती इन पर
मैं एक चुम्बन तुम्हारे लिए

इन दिनों खेतों में पनपने लगा है बारूद
कि मैं उनकी ओर बढ़ती हूँ और ठिठक जाती हूँ
फूलों से अधिक काँटे हैं डालियों पर इन दिनों
कि मैं बढ़ाती हूँ हाथ और लहूलुहान हो जाती हूँ

यह ज़मीन किसकी है, यह आसमान किसका है
किसका है यह पानी, यह आग किसकी है
चारों ओर फैले इस भयावह शोर में
घबरा जाती हूँ मैं और
बटोरने लगती हूँ इधर-उधर फैले स्पन्दन
फूल, खुशबुएँ
स्पर्श के एहसास बटोरने लगती हूँ मैं
बटोरने लगती हूँ अपने प्रेमपत्र
जो लिखे थे मैंने तुम्हारे लिए।

मुहावरे का अर्थ

बचपन में जब अपनी ज़िद मनवाने के लिए
रोने का स्वाँग कर रूठती थी माँ से तो
माँ मेरा कान मरोड़कर अपनी उँगलियों से
मुस्कुराते हुए कहती थी
घड़ियाली आँसू रोती है मेरी बच्ची

मैं उस समय अबोध मन नन्ही-सी बच्ची थी
जो नहीं जानती थी माँ के द्वारा इस्तेमाल किए
इस मुहावरे का अर्थ
लेकिन जान ही जाती थीं मेरी आँखें कि
माँ ने पकड़ लिया है मेरे झूठ को और
यूँ मन ही मन रीझ रही है वह मुझ पर

मैं उस समय घड़ियाली आँसू का अर्थ नहीं जानती थी
धीरे-धीरे जाना कि घड़ियाल नाम है
एक बेहद खूँखार पशु का जो
फाँसने को अपना शिकार बहाता है झूठे आँसू
अपनी आँखों से

और फिर मेरी उत्सुक आँखें
तलाशने की कोशिश करने लगीं उस घड़ियाल को
देखकर किसी भी हिंसक जानवर को
मैं पूछती थी माँ से

माँ क्या यही है घड़ियाल और
माँ मुझे देख मुस्कुराने लगती
मेरे लिए कुत्ता भी घड़ियाल ही था
जो कभी-कभी मुझे देख ज़ोर से भौंक देता था
कभी-कभी तो मैंने चूहे को भी घड़ियाल ही समझ लिया
क्योंकि डरती थी मैं उसकी उपस्थिति मात्र से भी
फिर धीरे-धीरे बढ़ती उम्र के साथ
पहचानने लगी मैं घड़ियाल को और
जानने लगी अर्थ घड़ियाली आँसू के उस मुहावरे का
फिर भी मन में इच्छा ही रह गयी
देखने की घड़ियाल को नकली आँसू बहाते

अपनी इसी अधूरी इच्छा के साथ बढ़ती रही मैं
और अधूरा ही रह गया यह ख़्वाब कि
एक दिन अचानक देखा
दुनिया के सबसे बड़े लोकतन्त्र के सबसे बड़े नागरिक को
एक अदना से खरगोश की मौत पर आँसू बहाते
खरगोश जिसने देखे थे सपने मासूम
अपनी दुनिया को और बेहतर बनाने के
और इसी अपराध में मारा गया

मैंने देखा कि लोकतन्त्र का वह प्रतिनिधि
बहा रहा है आँसू और टी.वी. पर
गूँज रही हैं उसकी सिसकियाँ
मैंने ठीक-ठीक उस दिन जाना
घड़ियाली आँसू का मतलब
इस तरह मेरे समय ने मेरा परिचय करवाया
एक अबूझ मुहावरे के निहितार्थ से।

तुम्हारी शरारती आँखें एक साथ कितना कुछ कह जाती हैं

मेरे स्मार्टफ़ोन में रखी तुम्हारी तस्वीरों में इस पल क़ैद हो तुम
क़ैद हैं तुम्हारी ढेर-सी भंगिमाएँ, क़ैद है तुम्हारी मुस्कान यहाँ
लेकिन क़ैद नहीं रख पायीं ये तस्वीरें किसी भी जतन से
तुम्हारी चंचल, बेहद शरारती आँखों को
मेरी बच्ची मेरे मोबाइल में क़ैद तुम्हारी छवियों में भी
बोलती-सी दिखती हैं तुम्हारी बेहद ख़ूबसूरत दो आँखें

कुल छह बरस की उम्र में कैसे तो सीख ली तुमने आँखों की ज़बान
कि अब अलग-अलग इशारों से समझाती हो तुम
कुछ अपना बेहद अनकहा जिसे समझाने में ख़र्च हो जाते हैं शब्दों के कोश
और हासिल यह कि अधूरा ही रह जाता है कथ्य
मैं जानती हूँ मेरी बच्ची कि तुम्हारी शरारती आँखों में है
एक चमक मेरे संग-साथ की भी
कि इन्हीं आँखों से तुम डपटती भी हो, झिड़कती भी हो और
सहेजती भी हो मुझे जब होती हूँ मैं बहुत उदास

तुम्हारी ये दो चंचल आँखें मेरे जीवन की सबसे बड़ी पूँजी हैं
कि जब मुस्कुराती हो इन आँखों से तो मैं खिल जाती हूँ
जब नचाती हो पुतलियों को नृत्य की अलग-अलग मुद्राओं में
तो समृद्ध होती हूँ मैं भीतर तक
जब उदास होती हैं तुम्हारी आँखें तो भीग जाती हूँ मैं

मेरी बच्ची तुम यूँ ही बचाये रखना आँखों की भाषा
कि शब्द तो यूँ भी छलते ही आये हैं हमें
सदियों से।

मेरी सुदूर यात्रा के एक छोर से

मेरी सुदूर यात्रा के किसी अनजान
रेलवे स्टेशन पर दिखी वह अनजान बच्ची
चली आयी है भीड़ से ठसाठस इस शहर में बसे
मेरे घर के निजी कमरे तक

वह आकर बैठ जाती है मेरे पास और
उसकी नज़रें कुछ तलाशने लगती हैं
मेरी नज़रें देखती हैं उस साँवली बच्ची को
और .खुद को धिक्कारने लगती हैं
मैं पूछती हूँ मेरी यात्रा के उस छोर से
चुपचाप उठकर आ गयी उस मासूम बच्ची का नाम
मैं जानना चाहती हूँ उसका घर, उसका पता, उसका गाँव
या कि उसका शहर
और उसके हाथ मेरी बेटी के सामने रखी खाने की प्लेट
की ओर दौड़ पड़ते हैं
मेरी उँगलियाँ छूती हैं इस कल्पना में उसके गाल
कि एकाएक उसके होंठ हिलते हैं
'रोटी' एक ही शब्द फूटता है उसके मुँह से
वह अपने हाथों को अपने पेट पर कुछ इस तरह बजाती है
जैसे सधा हुआ तबलावादक तबले पर देता है थाप
और मेरे भीतर कुछ टूट जाता है छन्न से

मैं जानना चाहती हूँ उसके शब्दकोश में रहने वाले
कुछ और शब्दों को और वह
उँगली रख देती है भूख और उससे मिलते-जुलते
कुछ और गिने-चुने शब्दों पर
वह इशारा करती है मोटे स्थूलकाय शब्दकोशों की ओर
उसकी आँखों में उभर जाते हैं कई सवाल
उसकी आँखें पूछती हैं मुझसे
कि क्या मैं जूझ चुकी उन सारे शब्दों से
जो उसके शब्दकोश में हैं
क्या इतनी बड़ी हो गयी मेरे अनुभव की दुनिया
जहाँ जरूरत पड़ती है इतने शब्दों की

मेरी यात्रा के उस छोर से आयी बच्ची
घेर लेती है मुझे कई सवालों में
और मैं निरुत्तर-सी घिर जाती हूँ
उसकी गहरी आँखों में न कोई सपना है, न कोई ख़्वाब
न कोई इच्छा ही पलती है यहाँ
अपने दोनों हाथों में लिए रोटी के दो टुकड़े
वह चल देती है उस ओर जहाँ अँधेरा रहता है
और मैं उसके इस तरह चुपचाप चले जाने से
स्तब्ध हूँ।

उस लड़की के लिए

मुझे वह लड़की बहुत सुन्दर लगती है
जो लिख देती है शहर की दीवारों पर
कि उसने कई प्रेम किए हैं और यह भी
कि इनमें से अधिकांश में उसे मिला है धोखा ही
और फिर भी जिसके प्रोफाइल पिक्चर में मिलती हैं
बेलौस खिलखिलाती उसकी बेजोड़ तस्वीरें

वह लड़की मुझे बहुत सुन्दर लगती है
जो लिखती है कि उसने भोगा है पुरुष की देह को
कई-कई बार और हर बार यही पाया
कि देह के लिए प्रेम की ज़रूरत नहीं होती

वह लिखती है कि उसने महसूसा है चुम्बनों को
अपने होंठों पर न जाने कितनी दफा
लेकिन आज वे सब उसे बेमानी लगने लगे हैं
और वह एक बार फिर नये प्रेम की तलाश में है

वह फेसबुक पर अपने हर क्षण को जीती है
अपने दोस्तों के संग जिसे हम दुनिया वाले
कहते हैं बेहद निजी

वह कहती है वह दुनिया को जीना चाहती है
पूरा छक कर
वह घोलकर पी जाना चाहती है सारे आँसू
सारे ग़म, सारे नियम और

सारी नैतिकताएँ जो धर्म के नाम पर
आयीं सिर्फ़ स्त्री के हिस्से ही
यह कहते ही ज़ोरदार ठहाका लगाती है
और एकबारगी समाज की चूलों में
पड़ने लगते हैं झोल

उसकी ये हरकतें मुझे सोचने पर करती हैं मजबूर
कि इतना बोल्ड होना कोई अच्छी बात नहीं
फिर मैं ठिठक जाती हूँ पलभर
और सोचने लगती हूँ कि
किसने तय किए ज़िन्दगी के मायने
और उसमें लिख दिया कि
ज़िन्दगी को अनुभवों से नहीं
सिद्धान्तों की कसौटी पर जियो

वह लड़की खुद बनाती है अपने लिए
नियम और कायदे
और अनुभव करने लगती है उन्हें
वह ख़ुद लगाती है गोता समुद्र की गहराइयों में
और बताती है कि
गहराई उतनी भी डरावनी नहीं जितनी बताई जाती है अक्सर

वह अपने हिस्से के हीरे-मोती, सीप-सितारे न सही
पत्थर और काँटे भी ख़ुद जुटाती है अपने हाथों से
और उन्हें छू लेने के एहसास से
रोमांचित हो उठती है भीतर तक

मुझे वह लड़की न चाहते हुए भी बेहद भली लगती है
कि उसने अपने पैरों से रौंद कर बनी हुई लीकों को
बनाई हैं अपनी टेढ़ी-मेढ़ी राहें ख़ुद ही
और उन पर चलते हुए ख़ुश
बेहद ख़ुश दिखाई देती है।

फेसबुक और ज़िन्दगी

हम ज़िन्दगी के पहिये को एक उम्मीद की तरह
ठीक वैसे ही सरकाते जाते हैं जैसे
फेसबुक पर स्क्रॉल का बटन
इस उम्मीद में कि न जाने अगली पोस्ट
कोई नयी ख़बर लेकर आये।

बेहद उदास क्षणों में

जब मैं उदास थी बहुत
पिता तुम बहुत याद आये
तुम होते तो कैसा होता
यह तो नहीं महसूस कर सकती मैं
कि खो दिया तुम्हें उस उम्र में
जब पाने की आस सबसे अधिक होती है
लेकिन फिर भी बरसों बाद
तुम बहुत बहुत याद आये पिता
तुम होते तो ठीक वैसे ही होते शायद
जैसे होते हैं बेटी के पिता
उदास देख अपनी बच्ची को
स्नेह से उसका सिर सहलाते हुए

तुम होते तो पूछते शायद
कि क्यों है उदास मेरा गुलाब-सा चेहरा
तुम होते पिता तो मैं पूछती तुमसे
कि क्यों चले गये तुम इतनी जल्दी
कि क्या हड़बड़ी थी तुम्हें लौट जाने की
तुम होते तो मैं पूछती
कि क्या तुम्हें भी आती है मेरी याद
जैसे मुझे आती है तुम्हारी अपने बेहद उदास क्षणों में

ठीक से याद तो नहीं पर
तुम अक्सर मुझे प्यार से कहते थे
झल्ली (पगली) है मेरी बेटी और
मैं खिलखिलाकर तुम्हारे कन्धों से झूल जाती थी

जानते हो पिता तुम्हारे जाने के बाद
सबसे पहले छूटा मुझसे मेरा वही झल्लापन
जो तुम्हें सबसे अधिक प्रिय था
अब कोई मुझे झल्ली कहकर नहीं पुकारता
तुम होते पिता अगर आज
तो मैं फिर से झल्ली बन जाती
और तुम्हारे कन्धों से झूल जाती
तुम सहलाते मेरे बालों को और
चमक उठतीं तुम्हारी आँखें

आज जब मैं हूँ बहुत-बहुत उदास
बीते वक़्त के पन्नों से लौटकर
न जाने क्यूँ तुम बहुत याद आ रहे हो।

सपने, रंग, सितारे और देह

(पन्द्रह बरस की उस बच्ची के लिए जिसका सामूहिक बलात्कार कर उसे जबर्दस्ती तेज़ाब पिला दिया गया)

अपने नन्हे-नन्हे होंठों से पहली बार जब
पुकारा था उस बच्ची ने 'पापा'
भीग गये थे उसके पिता भीतर तक
फिर वह अक्सर ज़ोर-ज़ोर से ताली बजाती
हँसती-खिलखिलाती पुकारने लगी उन्हें इसी सम्बोधन से
और वे डूबते-उतराते रहे
नदी के ठण्डे जल में

झरने-सी बहती रही उनकी बेटी और
उसकी कल-कल में आँखें मींचे झूमते रहे पिता
जब माँगना होता उसे आसमान की चादर से एक नन्हा तारा
वह झूल जाती पिता के कन्धे से
और पिता जुटाते रहते तारे उसकी आसमानी झोली में
तब तक जब तक सूनी न हो जाए आसमान की चादर
वह माँगती रही जुगनू, चाँद, तितली और गौरैया
उसने माँगे इन्द्रधनुष के सातों रंग ज़रा-सा इतराकर
और वे लाते रहे उन्हें उसकी एक मुस्कान के बदले

जब उदास होती वह और लुढ़कते दो आँसू उसकी मीठी आँखों से
पिता उन्हें हथेली पर ले बदल देते दो सफ़ेद मोतियों में
और वह रोना छोड़ आँखें फैलाए उन मोतियों को देखती रहती

पिता के चाहे से उसने मौसम को रंग बदलते देखा है
वह जानती थी कि उसके पिता एक जादूगर हैं
जो पल भर में उसकी एक मुस्कान के लिए
सूखी ज़मीन को मखमल की चादर बना सकते हैं

आज जब नोचकर उसके सपने, उसके रंग, उसके सितारे
और उसकी देह
उतार दिया गया तेज़ाब उसके गले में
तब वह देख रही है फिर से अपने पिता को
और पिता बेबसी से लिए उसे अपनी बाँहों में
उसके आँखें मींच लेने का इन्तज़ार कर रहे हैं।

बेटी, रंग और सपने

मेरी छह बरस की बेटी को रंगों से है बेहद प्यार
वह अपनी किताब में बने चित्रों को रंग देती है
न जाने किन-किन रंगों से
अभी कल ही उसने सेब में भरा रंग चमकीला
और मेरे समझाने पर बोली
क्यूँ होगा सेब लाल या कि हरा ही

वह अपनी किताब में उकेरती है चित्र एक झोंपड़ी का
और उसकी फूस की छत में चुपके से नीला रंग भर देती है
झोंपड़ी की दीवारें, दरवाज़े और खिड़कियाँ उसके रँगते ही
पल भर में इन्द्रधनुषी हो जाते हैं
फिर वह उकेरती है एक रास्ता और
घर को आने वाले उस रास्ते में उँड़ेल देती है रंग गुलाबी

मैं कहती हूँ बेटी से कि
रास्ते का रंग गुलाबी नहीं काला होता है
और वह समझाती है मुझे कि घर लौटने का रंग
हो ही नहीं सकता काला
वह तो होगा गुलाबी, लाल, हरा या फिर चटख नारंगी

मेरी बेटी आगे बढ़कर मींच देती है मेरी आँखें
अपने नन्हे-नन्हे हाथों से और पूछती है
बोलो तो अब कौन-सा रंग दिखता है तुम्हें

उसके इस मासूम सवाल का जवाब क्या होगा
यह सोचती मैं चुप हो जाती हूँ पल भर को
और वह विस्मित-सी मुझे देख पूछती है
इतना भी नहीं जानतीं माँ
आँखें बन्द करो तो दिखता है सिर्फ़ इन्द्रधनुष
ढेर सारे रंगों से सराबोर

मैं पल भर को ठिठक सोचने लगती हूँ कि
यह अन्तर सच और झूठ का नहीं
यह अन्तर तो सिर्फ़ उम्र का है
कितने अलग हैं हम दोनों के अनुभव
कि वह स्याह में भी ढूँढ़ लेती है सात रंग
और मुझे रंगों की चादर भी कभी-कभी
स्याह दिखने लगती है

मेरी बच्ची तुम खोने न देना अपनी मासूमियत को
और यूँ ही भरती रहना रंग हर स्याह चीज़ में
कि शायद तुमसे ही छँटेगा अँधेरा
हमारे समय का थोड़ा-थोड़ा।

पहचान

मेरी बेटी की शब्दों से पहचान इन दिनों
होती जा रही है घनी कि वह
'र' में लगाकर ा की मात्रा और जोड़कर 'त'
पढ़ लेती है 'रात'
इसी तरह 'स' में लगाकर ई की मात्रा और जोड़कर 'ता'
पढ़ लिया है उसने सीता भी
वह पढ़ती जा रही है 'म' में लगाकर ए की मात्रा और जोड़कर ला
मेला, भ में लगाकर ऊ की मात्रा और जोड़कर खा, भूखा
उसने सीख ली हैं पढ़नी आ, इ, ई, उ, ऊ, ए, ऐ, ओ, औ की मात्राएँ
और वह पढ़ती ही चली जा रही है शब्द दर शब्द दर शब्द
उसने पढ़ डाले हैं पनघट, मेहनत, किसान, दुख, किस्मत, लालटेन
गुड़िया, खिलौना, लड़की, औरत, लाचार, कमज़ोर, लड़का, जवान
पुरुष, ताकत आदि न जाने कितने शब्द

हर शब्द पढ़ने पर होती है वह एक नये शब्द से परिचित
और उत्साह से जोड़ती जाती है अपने ख़ज़ाने में एक नया टटका शब्द
वर्णों को जोड़कर बनाती है शब्द और मुस्कुरा देती है
अपनी भरसक मुस्कान
वह ख़ुश है कि दीवारों पर, मीनारों पर यहाँ तक कि हवाओं पर
लिख दिये गये शब्द अब नहीं हैं उसके लिए अनजान
कि वह पल भर ठहरकर पढ़ सकती है उन्हें

अपने पिता के साथ चलती गाड़ी में वह
सड़कों-चौराहों पर लिखे शब्दों के वर्णों को जोड़ती चलती है

और गढ़ती चलती है उनसे एक नया शब्द
जो कल तक उसके लिए सिर्फ़ एक उच्चरित शब्द भर था
वह इस एहसास से मचलने लगती है कि
अब वह ख़ुद अपनी कलम से उकेर सकती है उन्हें अपनी किताबों पर
और हर उस जगह पर जो पसन्द हो उसे बहुत

अभी वह उत्साहित है बेहद शब्दों को गढ़ने के इस जादू में
वह जानना चाहती है हर शब्द का ठीक-ठीक अर्थ लेकिन
अभी नहीं पूछा है उसने मुझसे इन शब्दों का आपस में सम्बन्ध
मैं डरती हूँ कि जिस दिन जानने लगेगी शब्दों का शब्दों से सम्बन्ध
और उनकी तह में छिपे उनके निहितार्थ
जब जानने लगेगी पुरुष-अधिकार, सरकार-ताकत, औरत-आँसू, और
इनसान और भूख के बीच का सम्बन्ध
तब कहीं उसकी जानने और समझने की ललक
फीकी न पड़ जाए।

क़तार और लम्बी होती जा रही है

दिसम्बर की सर्द रात में थककर सो रहा है शहर, सो रहे हैं लोग
सो रही हूँ मैं मुँह ढँके कि तभी
मेरी नींद को चीरती आती हैं कुछ आवाज़ें
उठता है शोर, मेरी नींद की गहरी चादर के परदे हिल रहे हैं लोगों के धक्के से
कि चिल्ला रही हैं औरतें, रो रहे हैं बच्चे
मैं चौंकती हूँ नींद में ही, नींद में ही देखती हूँ आस-पास, चारों ओर
कि न जाने कहाँ से निकल आते हैं लोग
और एक क़तार बनाने लगते हैं

क़तार लम्बी होती जा रही है
और न जाने कब यह क़तार मेरी नींद के आर-पार
होती हुई दूर तक चली जाती है
क़तार में खड़े हैं लोग और पीछे और पीछे
नियम का पालन करते, अपनी बारी का इन्तज़ार करते
खड़ी हैं औरतें, खड़े हैं बुज़ुर्ग, खड़े हैं मज़दूर
खड़े हैं बच्चे माँ के आँचल से लिपटे

मेरी नींद में आती है एक बूढ़ी औरत
और नेपथ्य में दिखती है फिर वही लम्बी अन्तहीन क़तार
उस औरत के हाथ में कुछ सिक्के हैं
वह रोती औरत कुछ कह रही है जिसे सुना नहीं जा सकता
जब हो सब कुछ गहरी नींद में

फिर दृश्य बदलने लगता है और
दिखाई देने लगता है एक मंच
मंच पर बैठे लोग और सुनाई देती है एक आवाज़
जो माइक फोड़कर चली आयी है मेरे अँधेरे कमरे तक
वह आवाज़ बढ़ती जा रही है, बढ़ती ही जा रही है
उस आवाज़ के पीछे है एक चेहरा
जिसके कई हाथ हैं
उसके हाथों में हैं वायदे, उसके हाथों में है रोटी
उसके हाथों में हैं सिक्के, उसके हाथों में हैं फूल, रंग, चिंगारियाँ
वह उछालता है उन्हें उस ओर जिस ओर लम्बी कतार है
और फिर बाँसुरी बजाने लगता है

वह ज़ोर से दहाड़ता है, हँसता है
उछालता है सिक्के, उछालता है शब्द
और फुर्र करके उड़ जाता है

मेरी नींद में यह दृश्य फिर बदलता नहीं है
वह आदमी मुझे बार-बार दिखाई देता है
बार-बार वह देखता है उस लम्बी क़तार की ओर
और चेहरे के रंग बदलने लगता है
उस आदमी की आँखों में एकबारगी उतर आते हैं आँसू
वह देखता है भीड़ को नम आँखों से
और लोग क़तार तोड़कर उसके पैरों में जुट जाते हैं
वह आदमी फिर बजा रहा है बाँसुरी और
मेरी नींद को तार-तार कर क़तार और लम्बी और लम्बी होती जा रही है।

'अँधेरे में' और उसके बाद

(मुक्तिबोध की स्मृति में)

आज जब दिखा सब ओर अन्धकार
जब तड़प उठी भीतर बार-बार
जब चाहकर भी कुछ कह न पायी, कर न पायी
जब भीतर के अँधेरे कोनों से झाँक रहे
उज्ज्वल चेहरे ने बार-बार कोंचा
बार-बार धिक्कारा मुझे
सच कहती हूँ कि मुक्तिबोध
तुम बहुत-बहुत याद आये

याद आये तुम कि समझ सकी मैं
कितना तो रोए होगे तुम भीतर से
कितना तो उमड़ा होगा लावा तुम्हारे भीतर
कितना तो गले होगे उस गर्म दहकती आग में तुम
जब तुमने लिखी होगी
मेरे समय की सबसे भयावह कविता 'अँधेरे में'

कितना अँधेरा फैला होगा तुम्हारे चारों ओर
और कितने बेचैन रहे होगे तुम
जब बीड़ी के धुएँ में उड़ाया होगा तुमने
अपने भीतर का न जाने कितना ग़ुस्सा, कितना ग़ुबार

सच कहती हूँ मुक्तिबोध ग़र तुम होते आज

तो सिहर गये होते यह देखकर
कि तुम्हारे समय की अँधेरी काली रात
जिसमें निकलते हैं चोर, डाकू, नेता, अपराधी, कवि
बुद्धिजीवी, कलाकार और कलमकार अँधेरे की चादर में
वह अब खिलकर दिन का उजाला हो गयी है
अब सड़कों पर खुलकर उतर आया है सब कुछ
अपने नितान्त नंगे और भोंड़े रूप में
और अब तुम्हारे या मेरे भीतर का मैं
जकड़ गया है और भी न जाने कितनी-कितनी ज़ंजीरों में

मुक्तिबोध अब कोई भूल-गलती नहीं बैठी किसी
तख़्त पर दिल के कि
अब तो खुली साज़िशें हैं
कि अब तो होता है मैनेजमेंट
चली जाती हैं और भी गहरी, कहीं गहरी चालें
कि भूल-गलती तो केवल मासूम शब्द है
इन आँधी से भी तेज़ चलते दिमाग़ों के सामने

मुक्तिबोध अब सब कुछ होता है खुलकर सामने
कि इक ओर तड़ातड़ मरते हैं सैनिक सीमा पर
ऐसे जैसे चल रही हो मक्खियों को मारने की इलैक्ट्रिक मशीन
उन्हें सलामी देने को चलती हैं बन्दूकें
नाज़ करता है मेरे देश का सबसे बड़ा नागरिक
उनकी मासूम मौतों पर
और गर्व से भरा देता है एक सन्तुष्ट मुस्कान
और दूसरे ही दृश्य में अनाथ भटकते हैं
मासूम बच्चे सड़कों पर

मुक्तिबोध, मेरे समय ने बहुत पीछे छोड़ दिया है तुम्हारे समय को
कि तुम्हारी कविताएँ पढ़कर काँप जाती थी मैं भीतर से
कि कितना तो झेला होगा तुमने
कि कितनी तो आग होगी तुम्हारे भीतर और

आज अपनी नंगी आँखों से देख रही हूँ मैं
तुम्हारी कविता से आगे का सच
वह सच जिसे शब्दों में बाँधेंगे हम तो
क़ैद कर लिए जाएँगे, मार दिए जाएँगे
और नहीं बाँधेंगे तो यूँ ही भटकते रहेंगे सड़कों पर
ज्यों भटकते हैं पागल या सिरफिरे
और फूलती रहेंगी दिमाग़ की नसें
ज्यों बस फट ही जायँगी किसी भी क्षण

मुक्तिबोध तुम्हारी ही तरह कोशिश की है मैंने भी
अपने मैं को भीतर गहरी तहों में, अँधेरे सड़ाँध भरे कोनों में
और सूनी बावड़ियों में सुला देने की
लेकिन फिर भी वह सिर उठाता ही रहा है बार-बार
और डालता रहा है मुझे भी संकट में
वह उठ आता है यहाँ वहाँ जहाँ तहाँ
कि नहीं चिन्ता उसे मेरी या मेरे परिवार की
वह कहता है मुझे उठो, जागो
वह झकझोरता है मुझे न जाने कितने हाथों से
और मैं उतनी ही डरी दुबक जाती हूँ किसी निपट अँधेरे कोने में
कि नहीं कहना मुझे कुछ, नहीं बोलना मुझे कुछ
मेरे शब्द जड़ हो गये हैं, मत कोंचो मुझे
कि मुझे प्यारी है जान अपनों की
पर वह है कि धिक्कारता ही रहता है मुझे सब ओर से

मुक्तिबोध अब धोखा देने लगी है हर वह चीज़
जिस पर विश्वास था हमें ख़ुद से ज़्यादा
विश्वास था कि इतने बड़े लोकतन्त्र में अकेले नहीं हैं हम
और जैसे ही यह विश्वास दृढ़ होने लगता है
फूटने लगती है आवाज़ गले से
मैं अँधेरे को अँधेरा और रात को रात कहने लगती हूँ
कि घूम जाती हैं न जाने कितनी रोशनियाँ मेरी ओर
चारों ओर से घेर लेते हैं कैमरे

वे चाहते हैं कि अँधेरे को लेकर मैं बदल लूँ अपनी सोच
और पूछते हैं मुझसे कि आखिर अँधेरे को उजाला कह देने में
दिक्कत ही क्या है मुझे और
ज्यों ही आगे बढ़कर मैं समझाना चाहती हूँ उसका अर्थ
जकड़ ली जाती हूँ न जाने कितनी जोड़ी आँखों से
जो मुझे रात को रात कहने की सज़ा देना चाहते हैं

यह भीड़ चिल्लाती है कि
पकड़ लो इसे, जकड़ लो इसे, बन्दी बना लो
कि इसने इतने बड़े लोकतन्त्र पर शक किया है
कि इसने कहा चीख को चीख ऐसे समय में
जबकि इजाज़त नहीं है इसकी
चारों ओर से गूँजने लगती हैं आवाज़ें
विश्वास करो, विश्वास करो
विश्वास ही लोकतन्त्र का धर्म है और
खींचकर मुझे जबरन अँगूठा लगा लेते हैं
मेरी ही वोट की रसीद पर

वे कहते हैं बोलो नहीं, बोलो नहीं
यह वक़्त बोलने का नहीं चुनने का है
और ज्यों ही मैं चुनने के बारे में सोचने लगती हूँ
क़ैद कर ली जाती हूँ
मेरे मुँह पर कसकर बाँध दी जाती है पट्टी
जिसका कि रंग काला है, गहरा काला
मुझे समझाने को बढ़े आते हैं लोग
वे कहते हैं समझ जाओ प्यार से
नहीं तो समझाने के और भी हैं कई रास्ते

मैं डरकर भागती हूँ, भागती जाती हूँ
मेरी आँखों में तैर रहे डर की आवाज़

गूँजने लगती है मेरे कानों में
अपने ही सीने की धड़कन से डर जाती हूँ
और दुबककर गहरे अँधेरे कोने में बैठ जाती हूँ

यह रात के डेढ़ बजे का समय है
घड़ी की सुइयाँ भी ज्यों इस गहरे सन्नाटे से सहम गयी हैं
कि तभी बाहर कहीं से चिड़िया की आवाज़ सुनाई देती है
मैं डर जाती हूँ कि रात के इस पहर क्यों बोल रही है चिड़िया
चिड़िया की यह आवाज़ मेरे भीतर के डर को और गहरा कर देती है
कि ज्यों दबोच लिया है किसी ने गला उस पंछी का
कि अब कोई भी आवाज़ बिना इजाज़त के नहीं उठाई जाएगी
और वह है कि बोलना चाहती है
ठण्डी लाश सी इस रात में दुबक जाना चाहती हूँ
मैं गहरी, सीली तलहटों में कि
फिर सिर उठाता है वह उज्ज्वल चेहरा मेरे भीतर से
कहता है कि नहीं बोलती चिड़िया तो न सही
मुर्गा न बाँग दे न सही
तुम्हें उठानी होगी अपनी आवाज़
चिल्लाना होगा रुँधे गले से भी

कि तभी रात के काले अँधेरे में दिखाई देती है
एक परछाईं मेरे ठीक पीछे
जिसकी ऊँचाई मेरी लम्बाई से डेढ़ गुनी है
वह परछाईं सीलन भरे कोनों तक भी नहीं छोड़ती मेरा पीछा
एक हाथ है बिना किसी देह का जो
लगातार रहता है मेरी गर्दन के ठीक पीछे
ज्यों ही हिलती है मेरी गर्दन एक इंच इधर या कि उधर
वह उसे अपने अनुसार ठीक कर सीधा रख देता है
नाक की सीध में

मुक्तिबोध आज जब इस समय ऐसे ही अदृश्य हाथों
और अपनी लम्बाई से ऊँची परछाइयों से घिरी हूँ

तब बार-बार कौंधती है तुम्हारी लम्बी कविता ‘अँधेरे में’
और मैं सिहर जाती हूँ
इसी डर से उबरने को मैं गुनगुनाने लगती हूँ एक गीत
कि सन्नाटों को चीरते आये हैं गीत ही सदियों से
तो कुछ अदृश्य निगाहें मेरे गीत के हिज्जों को सुधारने लगती हैं
वे बदलने लगती हैं साज़ की आवाज़ को और
कहती हैं अब सुर लगाओ
गाना ही है तो कुछ हमारी पसन्द का गाओ
और मैं उठाकर रख देती हूँ साज़ को इक ओर

फिर दृश्य बदलता है और
मैं भीड़ के बीच में जकड़ी खड़ी हूँ सड़क पर
कि तभी वहाँ इक ओर से सुनाई देते हैं
हँसी के ठहाके जिनमें कई चेहरे जाने-पहचाने हैं
यह लोगों का वही जुलूस है जो तुम्हारी कविता की
अँधेरी साँप-सी पसरी सड़क से निकलकर
दिन के उजाले में खुली सड़क पर चला आया है

इसमें हैं कई लोग जाने-पहचाने
जिन्हें देखा है मैंने टेलीविज़न पर, सभाओं में, गोष्ठियों में
और सबसे अधिक चमकदार रोशनियों के सामने
पर यह क्या उनके चेहरे मेरे देखे हुए चेहरों से
कुछ बदले से लगते हैं
उनके चेहरों पर उग आयी है एक अतिरिक्त जीभ
जो अपने तय काम से कर रही है बहुत अधिक
और देखा ध्यान से उनके थोड़ा आगे गुज़र जाने पर
कि कपड़ों में ही कहीं भीतर चुपके से
उग आयी है इक दुम भी जो हिल रही है धीरे-धीरे
और जिसे अब छिपाया नहीं जा सकता

मुक्तिबोध मैं चाहूँ भी तो भाग नहीं सकती
इस दृश्य से कि

जकड़ ली गयी हूँ पहले ही
ये चेहरे सूरज की रोशनी में और चमक रहे हैं
और साफ़ दिख रहे हैं कलम और कैमरे
वे देखते हैं मेरी ओर और
एक-दूसरे के कान में कुछ फुसफुसाते हैं
मैं देखती हूँ उस ओर एक उम्मीद से
जिस ओर दिख रहे हैं कलम और कैमरे
कि एक ज़ोर का ठहाका मेरी रीढ़ की हड्डी में
एक सिहरन पैदा कर देता है।

स्त्री : तीन कविताएँ

(1)

उन्हें पसन्द है रोती हुई स्त्री
दुख की चादर लपेटे ख़ुद में ही खोयी
स्त्री आकर्षित करती है उन्हें
आकर्षित करता है उस स्त्री का दुख
उसका अकेलापन
उसकी नम-सी दिखती आँखों के राज़
भिगो देते हैं उन्हें भीतर से और
वे उससे प्रेम करने लगते हैं
वे परखने लगते हैं अपने कन्धों की मज़बूती
कि जिन्हें बढ़ाना है उन्हें चुप-सी खड़ी स्त्री के लिए

स्त्री को उदास देख कल्पनाएँ फड़फड़ाने लगती हैं पंख
और वे महाकाव्य रच डालना चाहते हैं उसकी उदास आँखों पर
वे कल्पना करने लगते हैं ऐसे पलों की
जिसमें हो एक कमज़ोर-सी स्त्री और
वे सुना रहे हों उसे अपनी कविता के कोमल हिस्से
बेहद एकान्त क्षणों में।

(2)

स्त्री मुस्कुराती है और असहज होने लगती है दुनिया
स्त्री मुस्कुरा रही है और

थम-थम कर चलती दुनिया में
गति आ गयी है।

(3)

वह स्त्री जिसकी उम्र चालीस के करीब है
जिसके हँसी के ठहाकों से छिप गयी हैं
गालों पर पड़ती उम्र की लकीरें
जिसकी आँखों में देखा जा सकता है
समुद्र के उफान का सौन्दर्य
उसने भुला दी है अपनी उम्र और
हँस रही है मन भर

वह स्त्री हँसती है
और दिखाई देता है उसकी हँसी के भीतर
पूरा ब्रह्माण्ड उलटता हुआ।

सौदागर

उन्होंने कहा हवा और सौदागर हवा का मोल लगाने लगे
उन्होंने कहा ख़ुशबू और सौदागर सारी हवा अपने नथुनों में खींचकर बढ़ चले
उन्होंने कहा फूल और सौदागरों ने हवा में उड़ा दिए सिक्के
उन्होंने कहा जंगल और उसके बीहड़ों पर इतराने लगे
वे नाचने लगे जंगल के आदिम सौन्दर्य की तेज़ गन्ध में
सौदागर आये और गाड़ दिए अपने रंगीले बोर्ड
इस तरह सौदागर ख़रीदते गये सितारे, सपने, रंग, तितलियाँ, जुगनू और बारिश
अब उनके पास बचे हैं सिर्फ़ आँसू, दुख, काँटे, कीकर और पसीना
जो बेजान शब्द हैं सौदागरों के लिए
जिनका उनके शब्दकोशों में कोई अर्थ नहीं।

अँधेरा

ऐसे समय में जब चारों ओर मचा है हो-हुल्लड़
फूहड़ गीतों, भद्दे संगीत और
भड़काऊ नारों का
जब सारा जवान ख़ून भूलकर अपने बहने की सही दिशा
भटक रहा है निरुद्देश्य
जब दिशाहीन हो गयी हैं दिशाएँ
और रास्ता दिखाने के सभी चिह्न हो गये हैं आपस में गड्डमड्ड
जब धर्म के नाम पर हो रही हैं रोज़ नयी व्याख्याएँ
जब साहित्य के नाम पर परोसा जा रहा है
कुछ बेहद अश्लील, बेहद भोंड़ा
तुम्हारा आवाज़ उठाना बहुत अच्छा लगता है मुझे

जब चारों ओर से निकल गये हैं रंग भरमाने
तब तुम्हारा अपनी ज़मीन पर पाँव टिकाए रखना और
आँखों में चमक हिम्मत बँधाती है मुझे
कि तुमने चुने हैं अपने लिए नये रास्ते
तुमने चुने हैं अपने हिस्से संघर्ष
और ताकत फूहड़ को फूहड़ कहने की

ऐसे समय में जब आसान और सरल सबसे प्रचलित मुहावरे हों
तुम्हारी तनी हुई मुट्ठी विश्वास जगाती है कि
सब कुछ तय नहीं होगा एकतरफा ही कि
ज्यों-ज्यों भारी होगा पलड़ा एक ही तरफ

दूसरी तरफ़ तुम जैसे लोग खड़े रहेंगे
अपनी रत्ती भर हिम्मत के साथ

यह कितना उम्मीद जगाता है न
कि कोई खोले इतिहास को दूसरी तरह से और
उँगली रख दे उन शब्दों पर जिनकी कि
प्रस्तुत की जा रही हैं गलत व्याख्याएँ
और एक हुजूम है कि जुट गया है इसे लिपिबद्ध करने

तुम तोड़ो उन शिलालेखों को अपनी ताकत भर
कि जिनमें क़ैद कर रख दिये गये हैं शब्द
और सभ्यताएँ उलझन में हैं उनके ठीक-ठीक अर्थों को लेकर

तुम तोड़ो रत्ती रत्ती कि
मैं बनूँगी तुम्हारी छैनी और तुम्हारा हथौड़ा भी
कि तुम्हीं तो हो जिसने उम्मीद जगाई है
इस नाउम्मीदी से भरे समय में

जब चारों ओर फैला है घना अन्धकार
और कोशिश यह कि इसे ही साबित कर दिया जाए उजाला
जब चारों ओर से आ रही हैं आवाज़ें
अँधेरे को उजाले की जगह स्थापित कर देने की
तुम्हारी आँखों के दो जुगनू धीरे-से रख देते हैं मेरे हाथ पर हाथ
कि अँधेरा नहीं है उजाला
कि अँधेरा हो ही नहीं सकता उजाला

तुम अपनी आँखों के दो जुगनुओं को जलाए रखना
ठीक उस दिशा में जहाँ अँधेरा सबसे अधिक गहरा हो।

यह एक दृश्य है जिसमें लड़की पियानो बजा रही है

उसके चेहरे पर मुस्कान है और
आँखें लगभग मुँदी-सी
पियानो बजाती वह लड़की पियानो बजा रही है
या कि लीन है समाधि में

उसकी उँगलियों ने छेड़ी है कोई धुन
जो पियानो के की-बोर्ड से नहीं उठती
वह आ रही है उस साज़ से
जो बज रहा है इस पल उस लड़की के भीतर कहीं
जिसकी सरगम को पढ़ा जा सकता है
उसकी मुँदी आँखों और मुस्कान की सन्धि में।

तुम्हारे स्कूल का पहला दिन

कितने ख़ुश थे तुम कितना तो चहक रहे थे
तुम भी जाओगे स्कूल दीदी की ही तरह
नया बैग, नये जूते, नयी किताबें, नये कपड़े
सब मिलकर कितना सजा रहे थे तुम्हें कि
देखा जा सकता था तुम्हारी दोनों आँखों को बतियाते
सब कुछ तो बयाँ हो रहा था तुम्हारी हर जुंबिश से
और मैं घबराई-सी कि
जब जाओगे हाथ छुड़ाकर अगले ही पल बस में
तो क्या मुस्कुराएँगी तुम्हारी आँखें ठीक वैसे ही

तुम गये बस में और
पीछे छूट गयी तुम्हारी रुआँसी तस्वीर मेरी आँखों में
मैं दूर तक तुम्हारी सुबकती पीठ को देखती रही
देखा कि तुमने ख़ुद ही पोंछ लिए आँसू
यह अध्याय था तुम्हारे जीवन का
कि पोंछने ही होते हैं अपने आँसू ख़ुद ही

उन चन्द घण्टों में ज्यों लटकी रही मैं घड़ी की सुइयों पर
कि कैसे होगे तुम, क्या करते होगे इस पल
कोई चूम रहा होगा तुम्हारे रुई से कोमल गालों को
जैसे चूमती हूँ मैं बार-बार
क्या रूठ रहे होगे तुम खाने से ठीक पहले
और पृथ्वी भूलकर अपनी सारी गति
दौड़ रही होगी तुम्हारे पीछे रोटी का टुकड़ा हाथ में लिए

क्या बहला रहे होंगे इस पल तुम्हारे मनपसन्द कार्टून तुम्हें
क्या होगा कोई वहाँ ऐसा जो रीझ रहा होगा
तुम्हारी हर मासूम हरकत पर

तुम लौटे स्कूल से तो मुस्कुरा रहे थे
तुतलाती ज़बान में समझाया मुझे कि
रोए नहीं थे तुम यहाँ से जाने के बाद
तुम्हारी आँखें मुस्कुरा रही थीं भरसक
लेकिन न जाने क्यों मुझे उनकी ज़बान कुछ बदली-सी लगी

मैंने देखा कुछ ही घण्टों में तुमने
ख़ुद को समझाना सीख लिया है।

तुमने सीख ली है कला दूरियाँ पाटने की

मुझे याद है उस दिन साइकिल पर बैठते वक़्त
कितनी डरी हुई थीं तुम
एक हाथ से हैण्डल और एक हाथ से मुझे
कसकर थामे तुम बहुत घबराई हुई थीं
तुम्हारा हाथ ख़ुद से जुदा कर रख दिया था मैंने
साइकिल की हैण्डल पर और
तुम्हारी सहमी आँखों को भरोसा दिलाया था
मेरी आँखों ने

तुमने साइकिल का पैडल चलाया
दायें, बायें, झुकती हड़बड़ा रही थीं तुम
और नेपथ्य में मेरी आवाज़ हौसला दिला रही थी तुम्हें
साइकिल का डण्डा थामे चल रहे थे हम दोनों साथ-साथ

मैं जानती हूँ मेरे साथ ने ही तुम्हें भरोसा दिलाया था उस पल
और साइकिल के पैडल पर तुम्हारा दबाव बढ़ गया था
तुम पतंग बन उस पल उड़ जाना चाहती थीं
जिसकी डोर सुरक्षित हो मेरी उँगलियों से लिपटी

मैंने कुछ पल तुम्हें उड़ जाने दिया
और ढील देती उस डोर को
तुम्हारी उड़ान की चाह का आसमान बुनती रही

हम दोनों दौड़ रहे थे साथ-साथ

मुस्कुरा रहे थे साथ-साथ
मेरी लय से लय मिलाती तुम समा-सी गयी थीं मुझमें उस पल

तुम्हारी हँसी में मेरी हँसी हो गयी थी एकमेक
कि तभी मैंने छोड़ दिया तुम्हारा साथ
तुम अब सचमुच उड़ रही थीं पतंग-सी
जिसका आसमान बनना चाहती थी मैं

मेरे होने के एहसास ने तुममें भर दिया था विश्वास
तुम उड़ रही थीं किसी बेलौस सतरंगी दुपट्टे-सी
जिसके रंग सुने जा सकते थे उस पल तुम्हारी हँसी में
कि तुमने उस पल जीत लिया था दुनिया को

मुझे याद है मेरी बच्ची कि गिर गयी थीं तुम कुछ दूर जाकर
और रो रही थीं अपने घुटने को देखकर
मैंने सीने से लगाया था तुम्हें और
फिर बैठा दिया था साइकिल की सीट पर

यह एक और अध्याय था तुम्हारे जीवन का
कि दूर तलक तो साथ नहीं देती परछाईं भी
और बढ़ना हो आगे तो चुनना ही पड़ता है अपना रास्ता ख़ुद
यह जानते हुए भी कि कोई नहीं होगा साथ

इस बीच तुम गिरीं कई बार, फिर उठीं और
झाड़ दिया सारे नाकाम प्रयासों को धूल-सा
तुम रोयी नहीं फिर कभी
हर बार गिरने ने तुम्हें मज़बूत ही बनाया पहले से

आज तुम दौड़ा रही हो अपनी साइकिल डग-मग राहों में
और ख़ुद को ही देती हो रोज़ एक चुनौती नयी
तुमने अपने दो नन्हे-नन्हे पैरों से
सीख ली है कला दूरियाँ पाटने की।

वह दस साल की नन्ही बच्ची थी

अपनी देह के गणित से अनजान वह
ज़ोर-ज़ोर से दोहरा रही थी तेरह का पहाड़ा
और पहाड़ की ऊँची-नीची गड्डमड्ड राहों को फलाँगती जा रही थी
भूलकर बीच-बीच में सारा गणित वह
गुनगुनाने लगती थी कोई गीत ऐसा
जो ठीक पहाड़ों के बीच से उठता था और
पत्थर से जड़ दिखते पहाड़ उसके उत्साह का देते थे जवाब
दोगुने उत्साह से

वह दस साल की नन्ही बच्ची थी जो
नहीं जानती थी कि उसकी देह पर उगेगा ऐसा कुछ
जिससे आकर्षित होता आया है आदिम पुरुष
तेरह का पहाड़ा दोहराती और बीच-बीच में पहाड़ी गीत गुनगुनाती
जाकर बताएगी बाबा को
उसने आज फिर बादल को रंग बदलते देखा है
बाबा उत्सुकता से पूछेंगे, कहाँ और वह खोलकर रख देगी
अपनी कॉपी जिसमें उसने रँगा है बादलों को आज
गहरे गुलाबी रंग से
बाबा हँसेंगे और बाबा की लाड़ली खिलखिलाएगी
और बाहर मौसम और इन्द्रधनुषी हो जाएगा

उसने बाँध रखी है बाबा की बात गाँठ से
कि उसके हँसने से ही पहाड़ होते हैं इतने ख़ूबसूरत
कि वह जितना हँसेगी ये पहाड़, ये बादल

उतने ही रंगों से होंगे सराबोर
वह जानती है कि वह हँसती है तो खिलता है इन्द्रधनुष
नहीं तो सोचो कि
जहाँ वह नहीं होती वहाँ इन्द्रधनुष भी क्यों नहीं होता

वह हँसती है ख़ूब खिलकर कि
उसके हँसने से ही उर्वर है यह पृथ्वी

तेरह का जटिल पहाड़ा भी उसके उत्साह को नहीं कर पाता कम
और वह स्कूल से घर तक की दूरी को नापती है
पहाड़े को रटने की क्रिया में

उसे नहीं पता कि उसकी हँसी से उत्तेजित हो रहा है कोई कहीं
कि उसकी देह जिस पर अभी उभरा ही नहीं वह
आदिम सौन्दर्य
विचलित कर रहा है किसी को
वह खींच ली गयी है पहाड़ों के गड्डमड्ड खोहों में
उसकी चीख का जवाब नहीं दिया पहाड़ों ने भी
कि जैसे सहम गये हैं वे कहीं भीतर तक
उसकी देह जिस पर अभी बाकी था उभरना आदिम सौन्दर्य
नोचकर फेंक दी गयी है
और पहाड़ खड़े हैं चुपचाप दम साधे

तेरह के पहाड़े से भी जटिल गणित उभरा है उसकी देह पर
जिसे गिना नहीं जा सकता किसी जतन से

बाबा सच कहते थे कि उसके हँसने से ही होते हैं पहाड़ ख़ूबसूरत
उसके होने से ही खिलता है इन्द्रधनुष आसमान को चीरकर
आज नहीं है पहाड़ों में गूँजती उसकी हँसी
देह तो है लेकिन नहीं है उसमें उसका होना

पहाड़ उदास हैं
आसमान में नहीं खिला है इन्द्रधनुष
पहाड़ों ने बन्द कर दिया है लौटाना गीतों के बोल
अब वहाँ पसरी है ख़ामोशी और
बादल उसकी कॉपी के रंगों से उलट
हो गये हैं सुर्ख़ लाल।

मेरी दुनिया के बच्चो

मेरी दुनिया के बच्चो
थोड़ा इन्तज़ार करो कि
बना रही हूँ तुम्हारे लिए एक सुरक्षित घर
अपनी कविताओं के भीतर
देखो तो सजाई हैं इसकी दीवारें मैंने
तितली, गौरैया और फूलों की बड़ी-बड़ी तस्वीरों से

थोड़ा ठहरो मेरे बच्चो
मैंने छोड़ दिया है सोना भी कि
करना ही होगा एक ऐसा घर तैयार
जिसमें रह सको तुम सुरक्षित
जहाँ लाल का मतलब हो उड़हुल का चटख फूल
जहाँ काला हो तो केवल रात का आसमान
जिसमें टिमटिमाते ही रहें रात भर सितारे
और मुस्कुराता रहे चाँद धीमे-धीमे

ज़रा ठहरो मेरी दुनिया के बच्चो
कि तुम्हारे सोने के लिए समुद्र का किनारा नहीं
तुम्हारे लिए बिछाए हैं गुदगुदे बिस्तर
जिसके रंगों में नहीं छिपा है कोई और अर्थ
और तुम न ईंट बनो किसी की नापाक इमारत की

ज़रा ठहरो, ठहरो
पढ़ते रहो तुम कहानियाँ परियों की
और देखते रहो सपने रंगीन
मेरी कविता के घर के बाहर ही रोक दिया है मैंने
तुम्हारे हत्यारों को
कि अब दीवार पर तुम्हारा ख़ून नहीं
छाप होगी तुम्हारे रंग-बिरंगे हाथों की

उठ जाओ मेरे नन्हे-नन्हे बच्चो
कि वक़्त नहीं तुम्हारे सोने का
अभी तो इन नन्ही आँखों को देखना था पूरा तारामण्डल
और तुम ख़ुद ही बन गये तारे
अब तो आसमान से डर लगने लगा है
कि एक साथ कितने सारे तारे शामिल हो गये आसमान में
माँ की गोद को सूना कर

अब उठ खड़े हो जाओ सब एक साथ
और थाम लो हाथ एक-दूसरे का
वायदा करती हूँ मेरी कविता की दुनिया में
कमी न होगी तुम्हारे हिस्से की साँसों की
तुम्हारे हिस्से की मासूमियत की
तुम्हारे हिस्से की दुनिया की
तुम्हारे हिस्से की हर ख़ुशी इकट्ठा कर रही हूँ मैं
बना रही हूँ तुम्हारे लिए एक नयी दुनिया
ठीक अपनी कविता के बीच।

❑❑